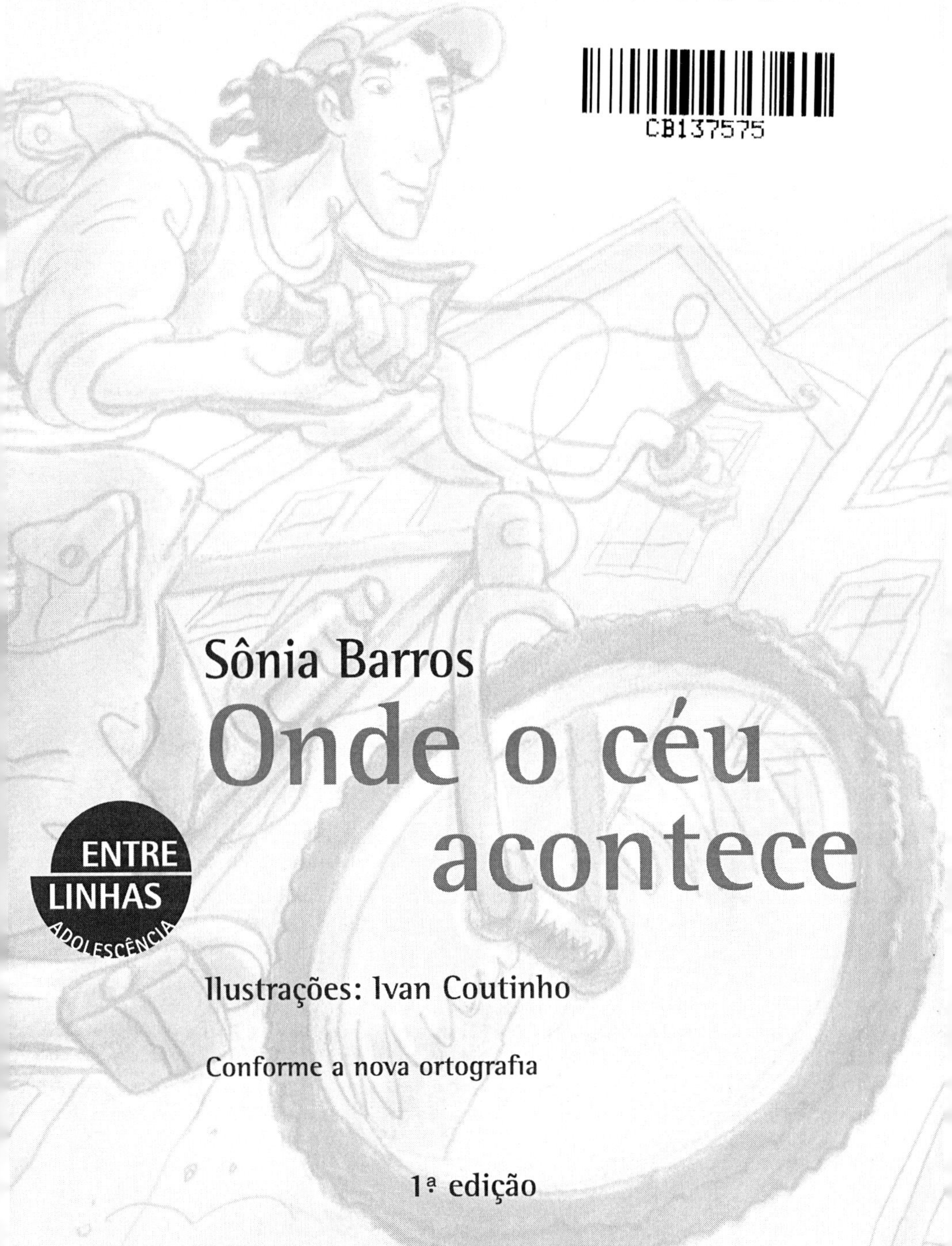

Sônia Barros

Onde o céu acontece

ENTRE LINHAS
ADOLESCÊNCIA

Ilustrações: Ivan Coutinho

Conforme a nova ortografia

1ª edição

Atual Editora

Série Entre Linhas

Gerente editorial • Rogério Gastaldo
Editora-assistente • Solange Mingorance
Preparação de texto • Maria Sylvia Corrêa
Revisão • Pedro Cunha Jr. (coord.) / Renata Fontes / Lilian Semenichin

Gerente de arte • Nair de Medeiros Barbosa
Diagramação • Setup Bureau
Projeto gráfico de capa e miolo • Homem de Melo & Troia Design

Coordenação eletrônica • Silvia Regina E. Almeida
Projeto de trabalho interdisciplinar – guia do professor e suplemento de leitura • Maria Sylvia Corrêa

Dados Internacionais de Catalogação na Publicação (CIP)
(Câmara Brasileira do Livro, SP, Brasil)

Barros, Sônia
Onde o céu acontece / Sônia Barros; ilustrações Ivan Coutinho.

ISBN 978-85-357-1141-7

1. Literatura infantojuvenil I. Coutinho, Ivan. II. Título. III. Série.

Índices para catálogo sistemático:
1. Literatura infantojuvenil 028.5
2. Literatura juvenil 028.5

SARAIVA Educação S.A.
Avenida das Nações Unidas, 7221 – Pinheiros
CEP 05425-902 – São Paulo – SP – Tel.: (0xx11) 4003-3061

www.editorasaraiva.com.br
atendimento@aticascipione.com.br

7ª tiragem, 2017

CL: 810582
CAE: 576135

IMPRESSÃO E ACABAMENTO: PSI7

Estou desfeito nas nuvens:
vejo do alto a cidade
e em cada esquina um menino,
que sou eu mesmo, a chamar-me.

Ferreira Gullar, *versos de "Extravio",*
em Muitas vozes.

Para Adailton da Rocha,
que tem alma de poeta e,
no sorriso, um pedaço de céu!

Sumário

Roda na estrada 7
Mundo, pequeno mundo! 9
Tio-avô-amigo 12
Primeira parada 15
Sem explicação 19
Primeiro emprego 22
Saudades e lembranças 25
Susto 30
Reviravolta 32
Descobertas 35
Segunda parada 37
A respiração das palavras 41
Lucinda 43
Terceira parada 46
O amor de meu avô 48
Sophia 50
O projeto 54
Alfredo 57
Reencontro 60
Decisões 62
O último voo 66
Onde o céu acontece 68

Roda na estrada

Mundo, vasto mundo, aqui vou eu! – como diria meu avô, citando versos de Drummond. Não sei direito para onde, mas vou. Mochila nas costas, algum dinheiro no bolso e uma vontade enorme de conhecer lugares diferentes. Para ver se assim eu consigo chegar ao lugar que mais me interessa: dentro de mim.

Só eu sei como a timidez e a insegurança sempre me amarraram. Finalmente tomei coragem. Não dá mais para ficar, não dá! Ainda lembrando meu avô e o poeta Manuel Bandeira, que ele também adorava, preciso encontrar minha Pasárgada. *Porque aqui não sou feliz...*

Meu pai nem sentirá minha falta, tem estado mais bêbado do que sóbrio. Tenho pena da minha mãe. Ela, sim, sofrerá com minha ausência. Nem consegui falar pra ela, escrevi uma carta contando que vou passar as férias longe de casa. Sozinho.

Disse a ela que preciso pensar. Não tenho a menor ideia do que vou fazer no futuro, e quero muito saber. Tantas pessoas passam a vida fazendo aquilo de que não gostam! Não desejo isso pra mim. Quero ser como meu avô. Ele tentou, pelo menos, fazer o que amava! Mas, para isso, primeiro preciso descobrir o que realmente quero.

Tomara que minha mãe entenda a decisão que tomei de botar o pé na estrada. Quer dizer, a roda, porque vou de bicicleta! Nem sei qual caminho seguir, mas não importa. O principal é mergulhar nas minhas próprias estradas, atalhos desconhecidos de mim. Aqui em casa, com esse clima horroroso, não dá. A pressão está insuportável. Agora que meu avô se foi, nada mais me segura.

A Anita me deu a maior força e disse que vai me esperar. Nunca vi menina mais decidida. Menina, nada! Já é uma mulher, sabe o que quer da vida. Enquanto eu nada sei. Só tenho certeza do meu amor por ela. Esse vai comigo. Logo voltamos, os dois, o amor e eu, para os braços dela. Se ainda estiverem à minha espera...

Não gosto nem de pensar em viver a história de amor tão bonita e, ao mesmo tempo, tão triste que meu avô viveu. Ainda bem que os tempos são outros. Quem decide com quem vai ficar é cada um, e não seus pais. Sei que a Anita também pensa assim.

Ela é tão independente que às vezes me assusta. No entanto, foi exatamente essa independência, essa segurança, que me fez ficar apaixonado.

Nos despedimos ontem à noite. Foi tão bom que eu não queria mais desgrudar daquele corpo moreno, macio. Cabelos lisos e negros cobrindo meu rosto... Só de lembrar dá vontade de desistir da viagem. Mas não posso.

Deixo a carta para minha mãe e saio antes que ela acorde. Aqui vou eu!

Mundo, pequeno mundo!

Como ainda existe gente boa! Diferente do que meu pai pensa; ele acha que ninguém presta e desconfia de todo mundo. Esse senhor, por exemplo, que me atendeu na lanchonete, parece ser uma ótima pessoa. Viu minha mochila nas costas, o dinheiro contado para um refrigerante e um sanduíche e me ofereceu outro lanche, de graça. Uma fome! Quase hora do jantar e eu fazendo a minha primeira refeição.

Ele quis saber para onde estou indo. Contei mais ou menos, disse que estou de férias. Rodei tanto, parece que atravessei São Paulo de ponta a ponta! Claro que não, eu sei, mas rodei um bocado. Parei num posto para encher os pneus e agora precisei encher a barriga.

Seguir viagem, só amanhã, porque hoje preciso descansar. Quem sabe numa pensão bem barata. São Paulo é tão grande que eu estou pensando em passar as férias por aqui mesmo. Se a Anita souber disso vai rir da minha cara. Fiz tantos planos, pensei em várias cidades... para ficar em Sampa!

Combinamos não nos falar, pelo menos por um tempo. Nem por telefone, nem por e-mail. Eu preciso dessa solidão, desse contato comigo mesmo. E com estranhos, para ver se perco a timidez e consigo me soltar. Posso até começar com esse senhor, que me deu o lanche e acabou de se sentar ao meu lado na mesa. Acho que é o dono.

•

– Fazendo lição nas férias, rapaz?

– Não é lição, não. É o meu diário.

– Minha filha, que hoje já é mãe de meu neto, quando era menina, vivia pelos cantos escrevendo. A gente nem podia chegar perto. O seu diário também é secreto?

– Por enquanto é.

– Desculpe, nem me apresentei. Meu nome é Alfredo. E o seu?

– Fernando.

– Belo nome! E sua mãe, Fernando, deixou você sair de férias assim, sozinho? Vai para a casa de algum parente?

– Não vou para a casa de ninguém, não. Estou por minha conta. Preocupada, minha mãe sempre fica, mesmo quando estou por perto. Sabe mãe como é, né?

– Mãe e pai! Eu me preocupo até hoje com minha filha. E com meu neto!

– Meu avô era assim, amoroso. Aliás, o senhor se parece muito com ele!

– Quem é seu avô? Será que eu conheço?

– Ele já morreu. O nome dele era João Carlos Manuel, por causa de uns poetas que a mãe dele gostava. O senhor acredita que ele também virou poeta? Depois, quando nasci, foi ele quem escolheu meu nome, que é de um poeta português.

– Tá brincando? O Jotinha, seu avô? Aquele das crônicas do *Jornal da Cidade*?

– Ele mesmo! Que coincidência, o senhor conheceu meu avô?

– Pessoalmente, não. Mas eu não perdia um texto dele no jornal. Escritor dos bons! Sabia segurar a gente do começo ao fim da leitura.

– Ele era mesmo um ótimo escritor. E um avô maravilhoso...

– Nunca soube que ele tinha se casado. Todo mundo comentava que ele não se casou por causa de um amor frustrado. Como é que agora você me diz que é neto dele? Então o Jotinha teve um filho ou uma filha! Que novidade...

– Não, ele nunca teve filhos nem se casou. Na verdade, era meu tio. Irmão do meu pai. Muitos anos mais velho e, por causa da idade, eu o chamava de avô.

– Ah, está explicado. Pois então, já que você disse que sou parecido com ele, e, aliás, não é o primeiro a me dizer isso, faz de conta que sou seu avô! Ofereço a você um lugar para dormir. Ou já tem onde ficar?

– Não tenho, não.

– Aqui na lanchonete tem um quartinho nos fundos. Logo ao lado, um banheiro. Não tem cama, mas um bom colchão no chão. Tem até escrivaninha, porque às vezes faço esse cômodo de escritório. Acho que dá pra você se acomodar. No andar de cima fica minha casa. Se precisar de alguma coisa, é só chamar. O que acha?

– Puxa, nem sei o que dizer, seu Alfredo.

– Não precisa dizer nada. Só em saber que estou ajudando um menino que poderia ser meu neto, fico satisfeito.

•

Gente boa mesmo! Apesar da timidez, falei muita coisa pra ele. Também, ele precisava ser parecido com meu avô? Impressionante! E ainda ter lido as crônicas dele no jornal, saber quem ele era... Acabei de descobrir que o mundo, vasto mundo, pode ser, ao mesmo tempo, bem pequeno. *Uma aldeia, de onde se pode ver o universo!* Parece que estou ouvindo meu avô falando versos de Fernando Pessoa.

Tio-avô-amigo

Nem lembrava mais que ele era meu tio. Quase vinte anos mais velho do que meu pai! Sempre morou com a gente. Num quartinho de empregada, que minha mãe preparou para ele. Em casa não tinha empregada todos os dias, só faxineira, então era como se aquele quarto fosse dele mesmo. O quarto e ele, uma coisa só. Diferente do resto da casa. Ele chamava de aeronave!

É que muita gente dizia que ele andava com a cabeça em outro planeta. De brincadeira, ele respondia que um extraterrestre tinha de ter uma aeronave. Às vezes não se achava lugar nem pra sentar. Era livro ocupando tudo: além da prateleira, havia livros na cadeira, criado-mudo, escrivaninha e até na cama. Em cima e embaixo!

O quarto-aeronave de meu tio. Meu avô. Meu melhor amigo.

Ele era o único da família que tinha paciência para ouvir minhas histórias de criança. Meus medos. Quando eu tinha pesadelo, corria para o quarto dele. Não adiantava pedir abrigo no quarto dos meus pais. Minha mãe me fazia um carinho, me dava um beijo, falava: *Não foi nada, filho, você sonhou. Volta pra cama.* Mas meu pai ficava bravo com ela: *Deixa de dengo com o moleque!* E dizia: *Vai dormir, vai!*

Se fosse minha irmã caçula, meu pai se transformava. Pegava a filha no colo, chamava de princesa e arrumava um lugar no meio deles pra ela dormir. Às vezes eu ficava espiando os três na cama, pela fresta da porta. Minha mãe me via. No escuro eu adivinhava lágrimas nos olhos dela. Eu não chorava, não. Saía correndo e ia direto para o quarto do meu avô.

Com travesseiro debaixo do braço, batia de leve na porta e ele logo abria. E falava: *Vem, que eu conto uma história pra espantar sonhos ruins e chamar os bons.*

Não era só em noite de pesadelo que eu ia para o quarto do meu avô. Também o procurava quando eu perdia o sono e precisava de uma história para poder voar. Ele chamava o sono de voo. *Voo para o mundo misterioso dos sonhos!* Nada melhor do que um quarto-aeronave para decolar. Nada melhor do que um piloto contador de histórias, isso sim. Eu sonhava acordado. Era tão bom!

Ele nunca me mandou de volta pro meu quarto sem uma história. Ou ainda sem ouvir uma história minha. Quando eu perdia o sono, eu queria conversar. E ele lá, querendo dormir, coitado. Mas me ouvindo. Sempre me ouvia. Quando criança... quando adolescente. Meus desabafos, segredos que só ele sabia.

Cada susto que eu levava com as transformações do meu corpo! E quando minha voz começou a engrossar e a afinar, tudo de uma vez? Eu atendia o telefone, e a pessoa do outro lado perguntava se era minha mãe. Que raiva! Queria ter voz de homem e saía uma vozinha fina. Quando eu menos esperava, vinha um vozeirão. Pedia pra ele explicar o que estava acontecendo. Ele explicava. Me ouvia, falava.

Meu avô, que era meu tio, se fazia de pai. Porque meu pai mesmo nunca me deu atenção. Nem quando eu era criança. Se não chegava em casa bêbado, chegava de mau humor. Saía do trabalho e nunca ia direto para casa, parava nos bares.

Minha mãe cuidava dele, fazia um café forte, dava-lhe banho com a ajuda do meu avô. Às vezes, ela se irritava e não cuidava, não. Meu pai despencava no sofá e dormia com a roupa do corpo. Roncava tão alto que eu precisava dormir nos fundos, no quarto do meu avô. Tinha vontade de ir pra junto da minha mãe, mas tinha medo. Medo de que meu pai se levantasse e me visse com ela. Era surra na certa.

Antes da tragédia que aconteceu na nossa família, eu nunca tinha apanhado. Meu pai sempre foi bravo e não era carinhoso comigo porque achava que filho homem tinha que ser tratado assim, para ser macho! Palavras dele. Acho até que era um jeito de gostar de mim. Não fazia carinho, mas também não batia.

Meio parecido com o jeito que ele mesmo foi criado pelo pai. Só que o pai dele batia, sim. O que nunca entendi é que meu tio-avô, irmão dele, também apanhou, foi criado do mesmo modo e se tornou uma pessoa muito diferente...

Meu pai precisava se segurar para não me bater. E ainda dizia: *Sorte sua que eu não lhe dou uma surra bem dada. Apanhei muito quando era moleque e não morri!*

Depois de um sábado de chuva forte, que eu nunca mais vou esquecer, isso mudou. Comecei a apanhar. Eu tinha oito anos. Minha irmã, seis.

Não quero pensar nisso. Muito menos, escrever. Ainda não dá...

Primeira parada

Fui dormir de madrugada. Nem percebi que a lanchonete já estava aberta. Só agora estou ouvindo barulhos.

– E aí, deu para descansar?

– Que susto, seu Alfredo! Nem vi o senhor entrar... Que horas são?

– Quase dez.

– Ih! Já é tarde. Preciso ir.

– Por que a pressa, você não disse que não tem destino?

– É que eu estou pensando em rodar bastante, sabe? Conhecer outros lugares.

– Não dá para tomar café primeiro? Se quiser, pode ficar pro almoço. Depois você continua viagem. Tudo por conta da casa!

– O senhor está sendo muito bom pra mim. Se eu contar pro meu pai ele nem vai acreditar. Acha que todo mundo só quer enganar os outros. É muito desconfiado.

– Infelizmente tem gente ruim no mundo, mesmo. Sorte sua que você veio parar aqui! Vai lá tomar seu café, vai. Depois a gente conversa.

•

Do café fiquei pro almoço, do almoço pro lanche, e aqui estou esperando o jantar! Claro que ajudei na lanchonete. Atendi no balcão e cuidei do caixa. No começo, fiquei nervoso, depois fui me acostumando, me soltando.

Não deu para recusar. Seu Alfredo me convidou para trabalhar na lanchonete por três dias. Ganho uns trocados, como e durmo de graça e depois continuo viagem.

Ele mora sozinho e faz a própria comida. A Dalva, a mulher que trabalha na cozinha da lanchonete, faz sanduíche, café e suco. O rapaz que ficava no balcão e no caixa está doente e vai voltar daqui a alguns dias. Assim, quebro um galho para ele. E ele quebra um tronco inteiro para mim! Verdadeiro exercício para perder a timidez e o medo. Trabalhar em lanchonete, quem diria?

De noite ainda tenho um quartinho para dormir, com banheiro e tudo. Tomei banho agora mesmo. E esta escrivaninha, então? Irresistível. Pelo menos para quem está doido para registrar tudo num diário. Imagine se algum dos meus colegas está pensando em escrever nas férias! Aliás, essa foi uma "diferença" que a Anita disse que viu em mim. E adorou. Mas quem é diferente de todas as meninas é ela! Quem mais daria tanta força para o namorado sair de férias, sem rumo, sem nem telefonar?

Preciso aproveitar. Por isso esta oportunidade que seu Alfredo está me dando vai ser ótima. Pra mim e pra ele. A filha se mudou para Porto Alegre com o marido e o neto. Fazem muita falta, ele me contou com os olhos cheios d'água. Disse que estou sendo uma companhia e tanto. Me deu até uma caneta de presente, pra eu escrever no meu diário. Não sabe o que faz para me agradar.

Deve ser ruim mesmo morar sozinho. Quer dizer, às vezes deve ser bom. Sem ninguém para encher o saco, dá para fazer o que quiser.

Ler, navegar na Internet, ouvir música, escrever... Incrível como estou gostando de escrever. Acho que puxei ao meu avô! Ele também gostava de ficar sozinho. Dizia que a solidão era importante para um escritor. Ao mesmo tempo era bom sair de vez em quando, ver gente, conversar, observar o mundo. *Tudo pode ser matéria de poesia,* ele dizia.

Poeta, não sou. Mas, escritor... será? Lembrei agora de uns textos que escrevi para o jornalzinho da escola e engavetei. Não tive coragem de entregar para publicação, nem mostrei a ninguém.

Estou percebendo que tudo pode mesmo servir de matéria, de assunto pra se registrar com palavras. Num diário, por exemplo. Como se fosse álbum de fotos, de momentos importantes. E algo simples, como meu avô dizia, pode se tornar grande.

A grandeza está na simplicidade. Tem que prestar atenção! Como criança, pra quem o mundo é sempre novinho em folha. Daí citava o poeta Mario Quintana, que dizia que o mundo depois de uma chuva parecia recém-criado, recém-pintado de verde. Meu avô concordava: *Basta ver o mundo com olhos infantis, de pós-chuva!*

Estou tentando, vô, estou tentando... Mas às vezes tudo parece tão sem graça.

Depois que ele morreu fiquei perdido. Se eu não tivesse conhecido a Anita, tudo seria pior ainda. Por falar em pequenas coisas que podem se tornar grandes: penso no primeiro beijo que dei nela. Ou melhor, que ela me deu. Porque foi ela quem tomou a iniciativa. Só quem é tímido entende esse medo de enfrentar situações novas. O beijo foi uma dessas situações novíssimas... Que eu estava louco para experimentar!

Aconteceu numa festa. Aniversário do irmão dela, meu colega de classe. A gente se afastou da turma e ficou junto. Só conversando, como nas últimas duas semanas. A gente se encontrava, conversava, ria, se olhava. Mais nada.

Até que, nessa noite, ela me beijou. Eu correspondi, claro. Foi um momento tão mágico que parecia que a gente tinha sido levado pra outro planeta. Abduzido, como vi num filme! Lembro disso e dá vontade de beijar aquela boca outra vez.

A Anita é quase dois anos mais velha do que eu, vai fazer dezesseis. Já tinha ficado antes, várias vezes. Mas nunca se apaixonou. Só agora. Por mim! Confessou que me achava um pirralho! Aí, conversando comigo, viu que sou maduro, nada a ver com o Zeca, irmão dela, que tem a minha idade. Nem com os caras da nossa turma.

Tudo começou numa tarde em que fui à casa dela para fazer um trabalho com o Zeca. Depois, continuamos a nos ver, a conversar. Ela descobriu que eu sou uma caixa-surpresa! Fechadíssima, que precisa ser aberta. Dei risada quando ela disse isso, mas não é engraçado, não. Ser tímido sempre foi um problema para mim.

Não fosse ela, eu não teria saído de casa. Só eu e minha *bike*. Na mochila, caderno e pouquíssimas roupas. A ideia foi minha, mas não passava de ideia. Estava sem coragem pra botar em prática. Aí conversamos bastante e eu resolvi. Ela me falou que eu estava preso na barra da saia da minha mãe e pressionado demais pelo meu pai. Ele quer que eu escolha logo um curso e depois um trabalho que dê dinheiro.

A Anita disse que preciso descobrir o que quero fazer na vida, de verdade. Sem pressa, sem pressão. E vencer a timidez, ou melhor, o medo. Ela diz que timidez é uma coisa, e medo é outra. Uma é traço de personalidade, e acha até charmoso ser tímido. Hoje em dia os caras são muito atirados, ela falou. Ficam com várias meninas numa noite. Beijam todas e nenhuma!

Tão diferente do que aconteceu com nós dois... Por isso ela me disse que minha timidez é exceção, qualidade. Mas sentir medo, o tempo todo e de tudo, não é legal. Preciso perder, vencer! Por isso estou aqui. Longe dela, morrendo de saudade.

Mas está valendo a pena. Ainda por cima dei sorte logo de cara.

Estou ouvindo seu Alfredo me chamar. Vou jantar, depois volto pra cá. Porque pelo menos um diário vai nascer dessa viagem! Embora não seja bem um diário que vai registrando só o dia a dia. Está meio bagunçado porque também vou escrevendo coisas que ficaram lá pra trás.

— Já vou, seu Alfredo!

Sem explicação

Durante o jantar, seu Alfredo quis saber sobre minha família. Eu menti. Disse que sou filho único. Quer dizer, menti e não menti. Porque agora sou mesmo. Não consegui dizer toda a verdade. Ele percebeu que fiquei nervoso, porque mudou de assunto. Depois me convidou para assistir a um filme, mas eu disse que estava cansado e vim correndo pra cá. Não consigo parar de pensar. De lembrar...

•

A chuva era tanta que a enxurrada cobria a calçada. Eu nem percebia o perigo. Achava o máximo aquela água escorrendo feito correnteza de rio. Não dava ouvidos para minha mãe. *Pelo amor de Deus, não vão brincar na chuva que a enxurrada é capaz de levar vocês dois embora!*, ela gritava. A gente não obedeceu. Nem eu nem minha irmã, nem os moleques da vizinhança.

Aconteceu o que minha mãe temia. A enxurrada carregou minha irmã. Que só voltou de madrugada.

Morta dentro de um carro de bombeiros. Corpo resgatado no rio.

Faz muito tempo. Esse assunto era um caroço entalado na minha garganta. Ainda dói, mas deu pra contar, escrever. Antes eu não conseguia. Nem pra Anita consegui. Falei meio por alto, parei antes de começar a chorar. Ela disse que um dia, quando eu tiver vontade, eu falo. Ela se lembrou da tragédia, era bem menina, mas viu a manchete no jornal e ouviu os comentários da mãe, do pai, e ficou assustada.

Não foi só minha irmã que morreu. Um outro garoto, mais novo, também foi arrastado. Tipo de coisa que a gente acha que só acontece com os outros...

Lá em casa, por um bom tempo, ninguém podia tocar no assunto. Meu pai passou a beber ainda mais. Minha mãe ficou doente, tomava um monte de remédios e dormia. Uma vizinha ajudava a gente, fazia o serviço de casa, a comida. Meu avô colaborava no que podia. Eu quase repeti de ano, passei por pouco. Nem sei como.

Eu chorava, pensando que a culpa era minha. Meu pai pensava a mesma coisa. Foi nessa época que eu comecei a apanhar. Quem me salvava era meu avô. Não fosse ele, acho que eu também teria morrido. De tanta surra.

Meu avô sempre foi importante na minha vida. Nunca tive medo dele, só respeito. E admiração! Como se fosse o pai que eu queria ter. E tive. Desde sempre. Criança, adolescente... depois, um pouco mais velho.

Um belo jovem, ele dizia. Só ele mesmo para me achar bonito. E minha mãe, que sempre me achou lindo, desde que eu era bebê.

Depois que ela foi melhorando do choque terrível da morte de minha irmã, se agarrou em mim. Meu pai sumia, e ela cuidava cada vez mais de seu único filho. Porque eu passei a ser, sim, filho único. Como disse pra seu Alfredo, agora, no jantar.

Ninguém falava na minha irmã. Era só eu e pronto. Minha mãe tinha tanto medo de que alguma coisa ruim me acontecesse que até me sufocava. Quando chovia, então, eu nem podia sair de casa! Acho que tudo isso ajudou a aumentar minha insegurança, esse medo de me expor.

Ainda bem que eu tinha meu avô. Para conversar, perguntar. Havia tantas dúvidas dentro de mim! Dúvidas que eu partilhava com ele, mais do que com qualquer outro amigo da minha idade.

Ele também tinha dúvidas, apesar de estar velho, me contou. Falava que era assim mesmo. Quanto mais velho, mais dúvidas vão nascendo na cabeça da gente. Não acreditava nessa história de "velho sábio". Mas era um sábio, sim. Sabia tudo, meu tio-avô-amigo.

Só a morte ele não conseguia me explicar. Quem consegue?

Primeiro emprego

Minha mãe não vai acreditar quando eu contar que trabalhei nas férias! Era tudo o que eu queria. Meu pai nem vai dar bola, vai dizer que é coisa à toa. Ele vive dizendo que, depois que eu fizer o nono ano, devo fazer o ensino médio junto com um curso técnico. Nada de faculdade, que tem muita gente formada e desempregada por aí. Tenho de escolher uma profissão que me dê futuro. Ou melhor, dinheiro.

Para ele, trabalho bom é aquele que deixa a pessoa rica. Mesmo que seja infeliz. Feito ele, que trabalhou a vida toda na mesma empresa até se aposentar. E detestava o trabalho. O pior é que nem dinheiro conseguiu guardar em todos esses anos. Gastou a maior grana em mesas de bar.

Depois da morte da minha irmã, então, tudo desandou de vez...

•

– Preocupado com alguma coisa?

– Oi, seu Alfredo! Estava distraído, pensando.

– Alguma dificuldade em atender a freguesia?

– Não, nenhuma. Parece que já trabalhei antes. Maior moleza!

– O movimento está fraco por causa das férias. Quando as aulas começam, precisa ver como isto aqui ferve. Tem um colégio logo na esquina, você viu?

– Vi, sim, quando cheguei.

– Os estudantes vêm em peso tomar lanche. Preciso até contratar mais gente.

– Por isso que o rapaz ficou doente? A Dalva disse que ele está estressado...

– Também estranhei, sabe? Um garoto tão novo... Vou dar uma saída, preciso ir ao banco.

– Tá bom.

Não é a primeira vez que falo no carinha que eu estou substituindo e seu Alfredo fica esquisito. Pode ser impressão minha, ou será que eles brigaram?

Vou perguntar pra Dalva.

– Ah, eu não sei de nada, faço meu serviço e vou embora. Meu marido está sempre me esperando na saída. É caminho do emprego dele, e ele passa por aqui. Já o Emerson acabava ficando, dormia direto nesse quartinho, onde agora você dorme.

– Ele ficou doente de repente? Você disse que foi estresse. Ficou estressado de tanto atender no balcão da lanchonete?

– Foi ele quem falou que estava tirando licença médica e que o motivo era esse. Pra mim, é doença de rico! Imagine se eu chego pro meu marido e falo que tô estressada! Pobre não tem dessas frescuras, não. Sei lá o que deu no Emerson.

– Seu Alfredo não gosta de tocar no assunto por quê?

– Olha, o que sei, eu já disse. Se a gente ficar de conversa, meu serviço atrasa. Daí quem fica sem emprego sou eu! Dá licença, tá?

– Tudo bem, Dalva, não quero te prejudicar, não.

– Você parece um bom menino, Fernando. Por que não volta pra casa? Essa história de ficar zanzando por aí sem destino não é boa. Coitada da sua mãe!

– É, você tem razão. Vou ligar pra ela, para dar uma acalmada. Embora eu não vou, não. Fico mais esses dois dias, substituindo o Emerson, e depois sigo meu caminho. Só volto pra casa quando achar que descobri o que vou fazer da minha vida.

– Ah, menino! Se você fosse meu filho, iria ver só uma coisa. Deus me livre de um dia ser uma mãe assim, com filho solto nesta cidade de bandido!

Saudades e lembranças

A conversa com a Dalva me deu saudade. Da minha mãe. Como eu tinha falado que faria, liguei pra ela. Só de ouvir minha voz, ela começou a chorar. Depois foi se acalmando, disse que me entende, que sabe como é difícil a vida lá em casa.

– Você tá certo, Nando. Não é justo, um menino tão novo ficar aqui ouvindo besteira, sofrendo...

Nessa hora me senti um covarde, como se estivesse fugindo e largando o pior pra ela. Mas conversando mais um pouco, tive certeza de estar fazendo a coisa certa. Não é fuga, pois vou voltar. É só um tempo que estou dando. Para mim mesmo.

– Eu sinto muita saudade da senhora.

– E eu, então, meu filho! Morro de preocupação! Você tá se alimentando direito? Dormindo onde, meu Deus? Fico aqui sem saber de nada...

Ela começou a chorar de novo, e eu contei que arrumei emprego e lugar para dormir. Pra ela ficar tranquila, disse que seu Alfredo, meu patrão, era amigo do meu avô. Nem falei que será apenas por mais dois dias...

Uma coisa me deixou pensativo. Ela acha que meu pai também está sentindo minha falta. Não fala nada, mas fica olhando pela janela e, sempre que ouve um barulho, vai lá fora pra ver quem é. Como se estivesse me esperando.

Respondi que deve ser coisa da cabeça dela. Ele nunca ligou pra mim! Terminamos a conversa, e eu prometi dar notícias de vez em quando.

Desliguei o telefone e fiquei olhando pra ele. Um orelhão que fica perto da lanchonete. Não resisti e liguei pra Anita. Mas desliguei antes que ela atendesse. Vou tentar cumprir o combinado! Apesar da saudade...

•

Trabalhei o dia todo. Movimento tranquilo como seu Alfredo comentou. Além das poucas pessoas que vieram tomar lanche, suco, café, alguns garotos apareceram. Dois meninos e uma menina. Tomaram um refrigerante cada um e subiram até a casa de seu Alfredo. Ficaram um bom tempo lá. Acho que ele é muito sozinho e faz amizade com os jovens, como fez comigo, tentando matar saudade do neto.

Pensando nisso, me deu saudade do meu avô.

Quando ele foi embora, chorei muito. Foi a primeira vez que chorei de verdade. Já tinha chorado antes, claro. Quando minha irmã morreu. Mas foi diferente, eu era criança, não entendia direito o que estava acontecendo. Foi uma espécie de pesadelo.

Outra vez que chorei bastante foi por uma paixão não correspondida. Parece exagero, mas pra mim foi terrível. Lógico que nem se compara à perda de meu avô. Mas sofri um bocado, por causa da menina mais linda que eu tinha visto! Cabelos crespos e ruivos, olhos claríssimos. Pele branca com pintinhas vermelhas, que eu achava o máximo, e ela detestava! Eu sabia que não gostava porque vivia escutando a conversa dela com as amigas. Queria dar um jeito nas sardas do rosto e do pescoço. Mal sabia que eram lindas, e que eu tinha vontade de beijar uma por uma.

Ela era inteirinha linda. Uma pintura! Parecia um quadro. Eu seria capaz de ficar horas olhando para ela. Para a menina que nem sabia que eu existia. No fundo da classe, última carteira. E ela lá na frente, junto com a panelinha dos bons alunos. Quando me apaixonei, comecei a estudar feito doido para ver se conseguia ser da turma também.

Havia outra panela, a dos "zoadores". Panela do fundão. Eu não era nem de uma nem de outra. Dessa, da bagunça, eu não tinha vontade de fazer parte. Da panela dos melhores alunos, ah, como eu queria. Por causa dela! Desafio que não consegui vencer. Sempre tirava notas médias, o suficiente para passar de ano. Não consegui fazer parte da panela nem ser notado pela minha primeira paixão.

Quando ela começou a namorar quase morri. O escolhido foi um cara de outra classe, mais velho. Só se vestia de preto e usava correntes na cintura. *Piercing* na orelha, sobrancelha, nariz e língua. No ombro, um dragão incendiando os músculos malhados. Um asqueroso! Namorando aquela deusa! Como é que podia?

Pensei em fazer tatuagem, mas era demais pra mim, nada a ver comigo. *Piercing*, até que tentei, botei um na orelha. Parece mentira, mas inflamou, para a alegria do meu pai, que tinha me dado a maior bronca. Nessa época ele já não me batia, mas a gente vivia brigando. O *piercing* foi mais um motivo de discussão.

Nem assim desisti. Comecei a fazer musculação na academia que o asqueroso frequentava. Fiz um mês e parei. Não era minha praia! Além disso, não me dei bem com os exercícios. Eu era tão magro que um vento poderia me levar. Na época, queria mesmo sair voando. Desaparecer! Ah, se eu soubesse fazer como meu avô. Mergulhar a cabeça nas nuvens de cada página de um livro. Um céu inteiro pra me engolir!

Não é que mergulhei, mesmo? Literalmente. Sugestão do meu avô, claro. Ele sempre me dava dicas certeiras. Comecei a nadar! Num clube pequeno do meu bairro. Meu avô era sócio e me botou como dependente.

Descobri na natação uma maneira de escapar do sofrimento. Nadar era parecido com voar. Eu me sentia um peixe-pássaro, cortando as águas com as asas de meus braços cada vez mais fortes.

Pena que, por dentro, não havia força. Ao sair da água, a dor voltava.

Chorei várias vezes, feito criança, no ombro do meu avô. Não apenas pela menina que eu não conseguia conquistar. E que, aliás, logo se cansou do asqueroso e começou a ficar com outro cara da escola. Depois com outro e mais outro... menos comigo. Chorei muito por isso.

Chorei também pela irmã que não pude salvar...

Acho que meu avô sabia que dores muito diferentes se misturavam dentro de mim. Era como se o mundo fosse acabar, eu lhe disse uma vez. Ele comentou que era assim mesmo, o fim do mundo. Levei um susto quando o ouvi dizendo isso!

Olhei pra ele, e escutei que depois um outro viria, como se eu renascesse. Na hora não acreditei, mas gostei de ouvir. De estar ali com ele. Quem sabe ele estava certo. E não é que veio mesmo? Um outro mundo.

Demorou um bocado! Mas veio. Com outra garota muito legal. Não morava em quadro, não parecia pintura como a primeira paixão. Era de carne e osso feito eu. Ou melhor, é! Anita. Bonita por fora e, mais ainda, por dentro. Inteligente, sensível, bem-humorada! Que me mostrou um mundo novo. Até nisso meu avô acertou.

A dor de ter perdido minha irmã também foi diminuindo. Desaparecer, jamais. Pelo menos diminuiu e deu espaço para a saudade, a lembrança. Exatamente como ele disse que aconteceria... Ele preencheu o vazio de um avô que não conheci. Tanto o pai de minha mãe como o pai de meu pai morreram quando eu era pequeno e nem me lembro deles. Por isso esse foi o único que tive. O melhor que eu poderia ter!

Eu tinha o maior orgulho de contar pros meus amigos que meu avô era poeta! Meu pai tinha vergonha, sei lá por quê. Dizia que era melhor falar para as pessoas de fora que ele era advogado ou jornalista. Ele tinha mesmo feito faculdade de Direito e depois de Jornalismo. Nos dois vestibulares passou entre os primeiros colocados. E de universidade federal! Meu pai vivia falando que a inteligência do irmão nunca serviu para nada. Pra ganhar dinheiro, queria dizer, lógico.

Meu avô escreveu durante anos para um jornal. Crônicas que saíam às quintas. Aquelas que seu Alfredo disse que não perdia, de tão boas! Meu avô, porém, não gostava de escrever por encomenda. *E se as palavras não quiserem nascer?*, falava. Eu não entendia, achava que se ele era escritor não deveria ser difícil. Ele dizia que bom mesmo era escrever o que tinha de ser escrito. Por necessidade das próprias palavras, que exigiam dele o nascimento! Por isso era um sacrifício escrever para o jornal.

Nunca conseguiu exercer a profissão de advogado, não gostava. Nem a de jornalista. A não ser escrever essas crônicas. Assim, ajudava nas despesas lá de casa, comprava umas coisinhas pra ele. E livros, muitos livros! Eu pensava. Se ele gastava com livro porque os outros não gastavam também? Comprando os livros dele, oras! Porque ele tinha vários livros de poemas publicados. Ele dizia que era assim mesmo. Poesia era para poucos. A maioria dos leitores era de poetas também. Escreviam carta pra ele, visitavam, trocavam livros, ideias.

Puxa, que tristeza meu avô devia sentir. Não poder viver daquilo que amava. Ele, porém, nunca demonstrou essa tristeza. Pelo contrário, sentia um entusiasmo que contagiava a gente. Pessoa especial demais. Que saudade!

Susto

– Nossa, seu Alfredo, faz tempo que o senhor está aí?

– Não, meu filho, cheguei agora. É que eu não quis atrapalhar...

– Nem vi o tempo passar, já deve ser tarde. Preciso dormir para dar conta do serviço amanhã. Pode contar comigo, viu?

– Posso mesmo?

– O senhor não me contratou? Pode contar que ajudo no que precisar.

– Bom, então eu vou lhe pedir um favor.

– Pode pedir, seu Alfredo.

– Na verdade, não tem nada a ver com trabalho. É que eu estou com uma saudade danada do meu neto, da minha filha...

– É, o senhor me contou que eles se mudaram.

– O que eu não contei é que meu *hobby* é tirar fotografias.

– No que eu poderia ajudar o senhor?

– É que você tem idade pra ser meu neto. E, por incrível que pareça, é a cara dele! Por isso me deu vontade de tirar umas fotos suas. O que você acha?

– Foto? Sei lá... acho que eu não levo jeito pra isso, não.

– Imagine! Você deve sair muito bem, sim. Olha, eu até trouxe a câmera. Fica assim mesmo de pijama, sentado no colchão com o caderno no colo. Por falar nisso, não tem usado a escrivaninha?

– Tenho, sim. É que eu estava lendo o que escrevi, me deu uma canseira e resolvi vir pro colchão.

– No colchão está ótimo. Assim você fica mais à vontade para a foto.

– Fico nada, seu Alfredo! Eu fico é sem jeito...

– É só pra eu matar a saudade depois que você for embora.

– O senhor não tem fotos do seu neto, não?

– Tenho, mas são antigas... Isso. Assim, mesmo. Põe a caneta na boca, põe.

– Na boca?

– É. Pra dar um ar de quem está pensando no que vai escrever, entende?

– Ah, seu Alfredo, eu não tô gostando disso, não. O senhor me desculpe, mas eu sou muito tímido pra esse negócio de fotografia.

– Que pena. Um rapaz tão bonito. Parecidíssimo com o Flavinho, meu neto.

– O senhor me dá licença que eu preciso dormir. Amanhã o serviço começa cedo, lembra? Quem sabe, depois do expediente a gente pode tentar outra vez...

– Então está combinado! Amanhã eu volto e você me deixa tirar as fotos, está bem? Pago um dia extra pra você. O que acha?

– Um dia extra? Não, não precisa, não...

– Faço questão!

– Amanhã a gente combina seu Alfredo, agora eu preciso mesmo descansar.

Reviravolta

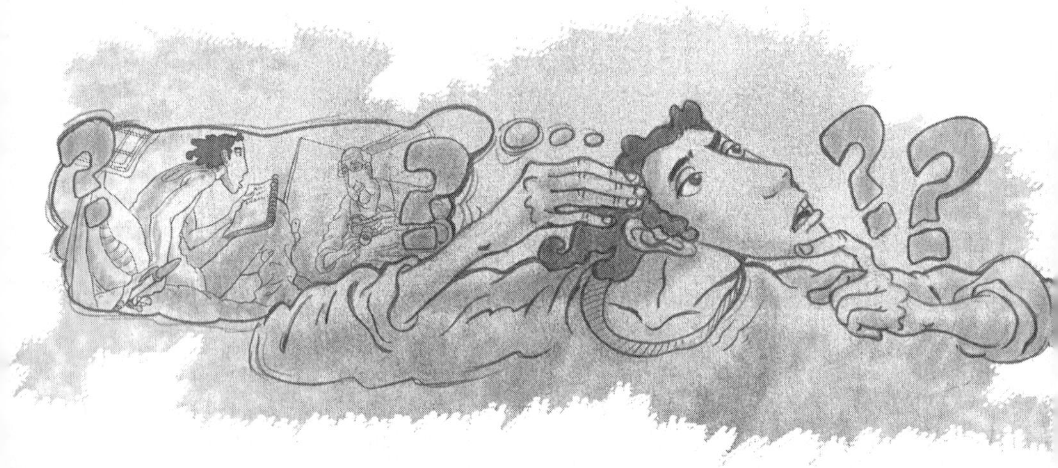

O que será que seu Alfredo viu em mim para querer me fotografar? Quase acreditei que eu era mesmo parecido com o neto dele. Seria muita coincidência! Ele já é tão parecido com meu avô.

Nem consegui dormir direito. Cedinho, assim que a Dalva chegou, eu perguntei. Ela me contou tudo. Puxa, que susto. Que decepção!

Ele não tem filha nenhuma. Muito menos, neto!

Demorei para acreditar. Daí a Dalva resolveu me abrir os olhos. Disse que seu Alfredo sempre a respeitou porque ela é velha pra ele. Passou dos vinte. *Velha? Velho é ele,* respondi. Ela contou que o "negócio" dele é outro. Até paga para meninas e meninos posarem pra ele. Tira uma porção de fotos. De vez em quando um ou outro acaba dormindo no quartinho onde eu estava. Fica semanas e, de repente, aparece com roupa nova, tênis, relógio. Nessa hora, pensei na caneta...

O Emerson foi um desses. Até que inventou a história de licença médica. Foi depois que o pai dele veio ver onde ele trabalhava. Desconfiou dos presentes que o menino levava para casa no fim de semana. Eu me lembrei da menina e dos meninos que passaram na lanchonete e subiram pra uma visita ontem à tarde. Mesmo assim não consegui acreditar. Não via nada de concreto contra seu Alfredo. Falei pra Dalva:

– Vai ver seu Alfredo é mesmo muito solitário, coitado. Até inventou que tem uma família. E adoraria ter netos, de verdade!

– E ele ia querer tirar fotos dos netos pelados?

– Quê? Como assim, pelados?

– Eu vi, Fernando, eu vi! Fotografias de meninas e meninos sem roupa! Ou só de sunga, calcinhas, pijama. Todos bem à vontade, sabe?

Me deu um arrepio ao lembrar que seu Alfredo queria me fotografar de pijama, no colchão! Com caneta na boca e tudo. Coisa mais estranha... E na noite anterior, depois do jantar, insistiu para que eu ficasse com ele assistindo televisão.

Fiquei atordoado, sem saber o que pensar, o que fazer. Peguei minhas coisas e saí antes que seu Alfredo descesse para a lanchonete. Acabei telefonando para a Anita. Não consegui ficar sem falar com ela, pedir uma opinião. Ela ficou assustada. Depois me alertou, disse pra eu sumir de lá. E não ir acreditando no primeiro que me oferece ajuda. Disse que fui ingênuo! Puxa, será que confiar nas pessoas é ingenuidade? Desse jeito, como é que eu vou perder o medo? Parece até que meu pai tem razão...

Apesar de tudo, a Anita acha que devo continuar minhas férias, sozinho. Antes de desligar, falou que a Dalva também deve sair de lá. E, principalmente, denunciar o patrão. Contei que eu já tinha conversado com ela sobre isso.

Conversei mesmo. A Dalva me disse que não vê a hora de sair, mas não arranja outro emprego. O salário do marido não é suficiente para pagar todas as despesas. A sogra dela é doente, precisa de remédios. Por isso, fica lá. Seu Alfredo nunca falou nada pra ela, mas mesmo assim ela tem medo. Acha que o certo seria denunciá-lo.

– Então por que você não faz uma denúncia anônima? – eu perguntei.

– Porque se seu Alfredo for preso, a lanchonete fecha, e eu perco meu emprego!

– Depois você arruma outro. Pelo menos fica com a consciência tranquila. Vai saber o que seu Alfredo faz com esses meninos...

– Não quero nem saber! Só de ver umas fotos uma vez, sem querer, que eu subi pra avisar seu Alfredo que tinha uma pessoa aqui embaixo querendo falar com ele, já fiquei desesperada. As fotos estavam em cima do sofá. Não gosto nem de lembrar!

– Então, Dalva! Você tem que fazer alguma coisa!

– Já tô fazendo minha parte, te contando. Dá o fora daqui e esquece este lugar.

●

Dei o fora, sim. Esquecer? De que jeito? Só de imaginar o que poderia ter acontecido, me dá um frio por dentro, um nó na boca do estômago...

Como é que alguém, aparentemente boa pessoa, pode explorar outras? Porque isso é uma exploração! A Anita disse a mesma coisa. E que já tinha ouvido falar do caso de um homem, conhecidíssimo da família dela, que abusava de crianças! Ninguém suspeitava, ele era simpático e amável com todos. Para espanto geral, chegou a abusar dos próprios sobrinhos. A Anita me contou que isso não é difícil de acontecer. Aliás, quase sempre, acontece assim mesmo, em família ou com pessoas próximas.

Sem contar aqueles casos de assédio pela Internet. O cara faz amizade com meninos e meninas, se fazendo passar por adolescente também, bate papo durante meses até marcar um encontro. Muita gente cai nessa armadilha.

Que reviravolta nestas férias! E eu só queria conhecer outros lugares, outras pessoas. Vencer a timidez. Escrever meu diário, minhas lembranças. Resolver o que fazer da vida, enfim! Fui um idiota mesmo. Onde já se viu acreditar numa pessoa só por ela ser parecida com outra. A cara do meu avô! Aceitar emprego, tudo bem, mas dormir sozinho na lanchonete... A Anita tem razão, foi ingenuidade.

No entanto, como meu avô me ensinou, é preciso aprender com os erros da gente. Quando se tem uma nova chance, claro. E eu estou tendo. Não vou desistir, não.

Descobertas

Rodei feito louco pra fugir daquele lugar. Depois fiquei um tempão sentado num banco de praça. Pensando.

Como esta cidade é bonita e feia ao mesmo tempo. Cada lugar lindo! Cada lugar miserável! Como o ser humano. Cada pessoa boa! Cada pessoa horrível! Às vezes os dois lados numa pessoa só. Meu avô dizia que ninguém é completamente bom. E nem completamente ruim. *Todos nós temos anjos e demônios convivendo na alma.* Eu é que não queria ter demônio nenhum aqui dentro!, falava pra ele. Ele ria, dizendo que era apenas uma maneira de explicar que o ser humano é uma mistura de qualidades e imperfeições. A mistura varia de um para outro.

Meu avô, mais uma vez, estava certo. Acabo de descobrir.

•

Tomei coragem e prossegui. Até encontrar esta pensão.

Não recebi nada de seu Alfredo, lógico, não tive coragem de esperar. Larguei lá até a caneta. Ainda bem que não gastei com comida e com estadia nesses dias. Pelo menos economizei, e agora dá para pagar por este quarto. A dona é uma senhora que aluga a própria casa para pessoas que estão de férias, passando por São Paulo, ou mesmo que trabalham ou estudam aqui, mas a família é de longe.

Muito boa gente, me parece. Desta vez acho que não me enganei. Espero...

Vou dar um tempo aqui pra fazer, sossegado, o que mais tenho tido vontade. Acho que estou descobrindo uma espécie de talento, como dizia meu avô, *exigência da alma*. Até esse caso absurdo do seu Alfredo me deu vontade de botar no papel!

Vontade. É isso. Vontade de escrever. Porque bastou dar uma brecha pra elas saírem – as palavras –, e a vontade começa a diminuir, e eu respiro até melhor. Eu e elas. Meu avô dizia justamente isso: que as palavras respiram! Tenho palavras e mais palavras me sufocando, querendo sair. Para poderem respirar também, oras!

Em casa, nem isso eu podia fazer. Se meu pai me via escrevendo, já gritava: *Outro poetinha em casa! Não vou sustentar filho vagabundo, que esse negócio de ser escritor é coisa de quem não tem o que fazer, ouviu bem?*

Agora, eu posso escrever quanto quiser. Só eu sei o bem que isso me faz! Cada vez mais entendo meu avô...Vou contar pra Anita. Quem sabe ela fique mais tranquila se eu ligar pra contar uma coisa boa. Ficou tão nervosa com o que aconteceu na lanchonete! Lugar que eu pensei que seria especial na minha história de vida, nestas férias diferentes. Lugar onde eu consegui meu primeiro emprego, conheci um amigo parecidíssimo com meu avô, generoso e bom... e aí descubro que era tudo fachada. Por fora uma coisa, por dentro, outra.

Engraçado, se isso tivesse acontecido tempos atrás, acho que eu já estaria de volta. Lá em casa, na barra da saia da minha mãe, como a Anita disse. É, parece que estou perdendo o medo de enfrentar situações difíceis, como sempre tive. Ainda não consegui vencer completamente essa barreira, mas vou conseguir, ah, se vou!

Agora, preciso vencer outra coisa, mais urgente. A fome! Já senti o cheiro bom da comida. E ouvi a voz de dona Cristina me chamando.

Segunda parada

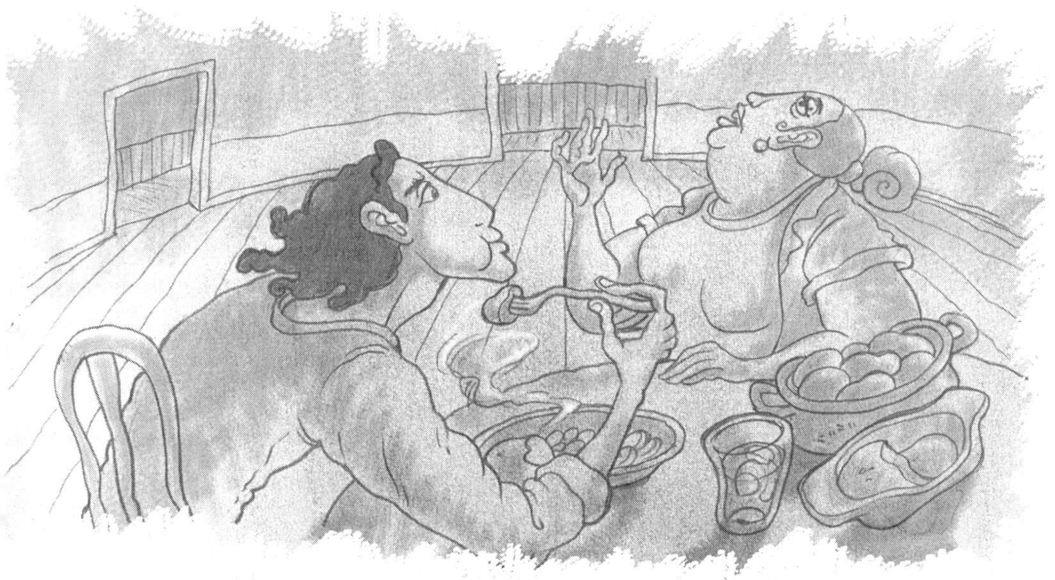

Nem tomei café hoje. Ainda bem que, assim que cheguei, dona Cristina, proprietária da pensão, perguntou se eu queria comer alguma coisa. Tinha passado a hora do almoço, mas ela disse que poderia esquentar comida e fritar um bife. Aceitei!

Primeiro, ela me mostrou o quarto, que tem uma cama de solteiro onde vou dormir. Do outro lado, um beliche. Nesse quarto dormem três rapazes que estudam em São Paulo e as famílias são do interior do estado. Eles foram para casa, só voltam depois das férias. Então o quarto é todinho meu!

Agradeci, perguntei sobre o pagamento, e ela me disse que eu poderia acertar depois. E que vai me dar um bom desconto, pois não contava com mais um hóspede nesta época. Sentei à mesa para comer, e não havia mais ninguém. Aliás, a casa toda estava silenciosa. Dona Cristina me contou que os poucos hóspedes tinham saído.

Ela falava, e eu devorava a comida, que até parecia feita pela minha mãe de tão gostosa. Depois da sobremesa, conversamos mais um pouco.

– Então, você saiu de férias, sozinho, Fernando?

– Isso mesmo, dona Cristina.

– Sabe que eu tenho um filho, Ernesto, que está sempre viajando?

– Verdade? Ele sai de bicicleta por aí?

– Não, meu querido, ele vai de avião mesmo. Já é adulto. Ele é fotógrafo!

– Puxa, deve ser uma profissão interessante!

Eu disse isso e logo me lembrei de seu Alfredo usando a fotografia para coisas tão ruins...

– É, sim. O principal é que ele adora o que faz. Depois eu lhe mostro algumas fotos. Agora, ele está na África!

– Deve ser uma aventura viver assim, cada hora num canto do mundo.

– E perigoso também. Ele faz documentários, registra o modo de vida das pessoas em diferentes lugares do mundo. Há muita miséria e injustiça, Fernando.

– Imagino...

– Na África, por exemplo, há milhares de pessoas morrendo de Aids porque o governo durante anos foi omisso, não fez campanhas de alerta, de prevenção. É uma verdadeira calamidade. Ernesto conheceu lá uma moça italiana, Tereza, que está trabalhando como voluntária, cuidando das crianças doentes. Médica pediatra, deixou o emprego na Itália e foi para onde seu coração mandou, disse ela ao meu filho.

– Que coragem!

– Meu filho está apaixonado. Os dois fizeram planos pra seguir viagem juntos. Eu me preocupo, mas o importante é que ele esteja bem, fazendo aquilo de que gosta, e agora, tenha encontrado um amor. Meu falecido marido ficaria feliz se soubesse. Ele era fotógrafo também! Mas nunca saiu do país.

— Seu filho aprendeu a fotografar com o pai?

— Desde pequeno ele acompanhava meu marido e vivia pedindo pra fotografar. Nunca o obrigamos a nada, mas ele herdou o talento. Foi uma alegria para nós! Pena que tenha resolvido aventurar-se por aí. Sinto tanta saudade de Ernesto! Mas não o desanimo. Vez ou outra chega um envelope com cartas e fotos. Ou então ele mesmo, em pessoa, aparece para me visitar! Prometeu vir com Tereza na próxima vez.

— A senhora é uma mãe especial, dona Cristina. Se fosse a minha, não sei se me deixaria sair assim. Só de eu ter saído pela primeira vez nestas férias ela já ficou desesperada. Meu pai, então, acho que nunca entenderia.

— Às vezes você pensa que seria de um jeito e acontece de outro. Os pais sempre querem o melhor para os filhos. Acha que não sofro? Tentei impedi-lo, pra dizer a verdade. Muitas vezes pedi para que ele ficasse por perto ou, pelo menos, para não se arriscar em lugares tão perigosos...

— Deve ser difícil mesmo.

— Também tenho uma filha, Carolina. Assim que se casou foi embora com o marido, que é diplomata. Estão sempre mudando de país ou viajando. Percebe minha situação? Tenho dois filhos, mas vivo praticamente sozinha desde que fiquei viúva.

— Por isso a senhora resolveu alugar a casa?

— Foi, sim. Afinal, é tão grande! E não me arrependi, pois tenho feito bons amigos. Como você, que me parece ser um rapaz muito maduro para sua idade. Aliás, já percebi que gosta de escrever. Não desgrudou desse caderno desde que chegou.

— Gosto, sim. Meu avô era escritor. Poeta! E eu puxei a ele, igual seu filho, que puxou ao pai!

— Então está pensando em ser poeta como seu avô?

— Ainda não sei o que vou fazer. Adoro ler poemas, mas não consigo escrever nenhum. Agora, pensando nisso que seu filho faz, comecei a ter umas ideias.

– Não me diga que você também gosta de fotografar!

– Fotografar, não. Quer dizer, não deixa de ser um jeito de fotografar. Meu avô dizia que escrever é pintar com palavras.

– Que bonito, Fernando! Isso é mesmo pensamento de poeta.

– É, sim. Meu avô dizia cada coisa diferente! Mas poeta não sou, não. Pensei que pudesse escrever matérias, sabe? Documentários, como seu filho faz. Mostrar as diferenças que existem no mundo ou mesmo aqui no Brasil. E fazer isso escrevendo.

– Seria uma escolha bonita. Você é muito jovem para decidir, tem tempo ainda! Por que não conversa com a Lucinda, que está hospedada no quarto em frente ao seu? Ela é estudante de Jornalismo e vai para o segundo ano. Mora numa cidade de Minas e não foi para casa nestas férias para economizar. Olha só que oportunidade para vocês trocarem umas ideias! Ela saiu para um passeio, mas logo deve voltar.

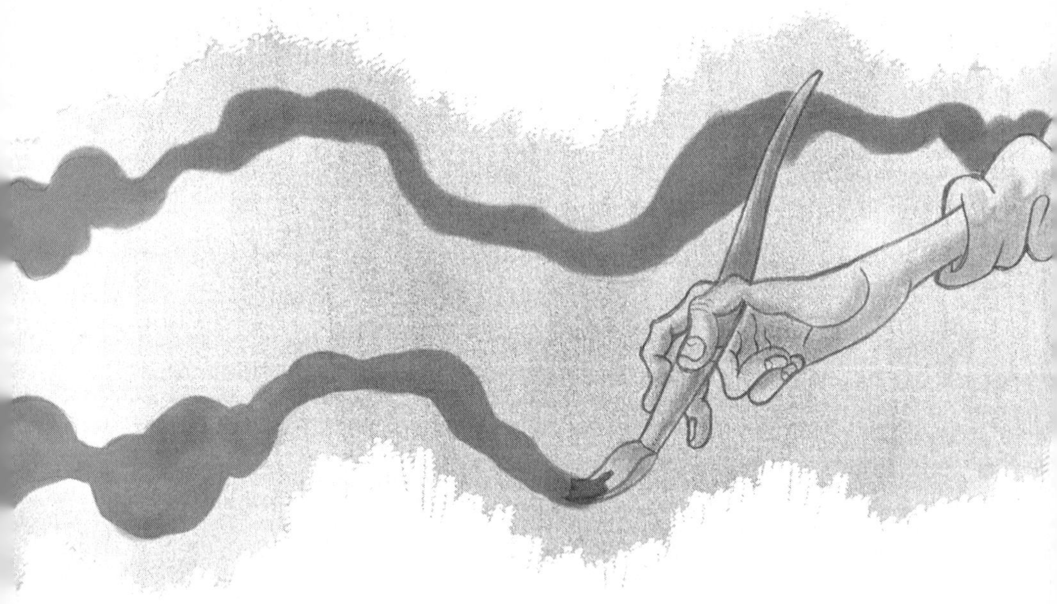

A respiração das palavras

Vim pro quarto pensando em tudo o que dona Cristina falou. Querendo escrever, claro! Fiquei curioso para conhecer Lucinda, mas me deu um frio por dentro, só de pensar em ter que puxar conversa...

Escrever é mais fácil. Dá trabalho, mas é tão bom quando a gente consegue dar vida às palavras. Vida! Me lembrei de meu avô, entusiasmado, me mostrando alguns livros.

Ele lia trechos e perguntava: *percebe como tem vida aqui?* Não se cansava de falar, de cor, uns versos do poeta Ferreira Gullar, que ele conhecia pessoalmente e admirava muito. Dizia assim:

Meu poema
é um tumulto, um alarido:
basta apurar o ouvido.

Depois completava, concordando plenamente com Gullar: *Bota o ouvido perto da página, Fernando, que você vai sentir a respiração das palavras!*

E o que eu sentia era a respiração, a emoção *dele*! Alguns poemas de autores estrangeiros ele lia no original em inglês, espanhol ou francês. Ia traduzindo pra mim. Mesmo quando lia sem traduzir, eu gostava do ritmo das palavras, da sonoridade, do sentimento com que ele pronunciava cada verso.

Uma vez, ele leu um poema enorme pra mim. Na verdade, quase nem precisou ler, pois sabia muitas partes de cor, e eu chorei! Não tenho vergonha de contar que chorei. Foi o poema *Morte e vida severina*, de João Cabral. Aliás, o João do nome dele foi escolhido por causa desse poeta. Mas ele dizia que, coincidentemente, era também o nome de outro escritor que amava: João Guimarães Rosa.

Parece que estou ouvindo tudo de novo. Ou botando o ouvido na página de um livro, como ele me pedia... ele era incrível! Não era maluco, não. Ou era, sei lá.

Pessoas normais são chatas, ele costumava dizer. *Longa estrada sem o susto das curvas.* Depois concluía, pensativo. *Mas às vezes são felizes, isso é verdade. Mais fácil ser feliz assim, com a alma feito estrada de uma reta só...*

Cada ideia! Mesmo sem entender, achava bonito ouvir aquilo. Só fui entender depois. Agora, que ele não está mais aqui. As palavras têm vida mesmo!

Pena que não deu tempo de dizer pra ele que sei o que ele sentia.

Os textos que escrevi e fiquei com vergonha de publicar no jornal da escola, não deu tempo de ele ver. Pra ele eu teria coragem de mostrar, pedir opinião. *Ai, que falta que o senhor faz, vô, que falta!*

Lucinda

Levei um susto quando olhei pra ela! Parecidíssima com a minha primeira paixão. Ruiva, de olhos claros, cheia de sardas. Bem mais velha que eu, lógico. Já vai para o segundo ano da faculdade. Está na Cásper Líbero, me contou.

Simpática, meiga. Dizem mesmo que os mineiros são assim. A mãe de minha mãe, que eu não conheci, era mineira. Costureira de mão cheia, conhecidíssima na cidade onde vivia. Muito amorosa, igualzinho minha mãe, que é mineira também, do mesmo lugar. Não me lembro do nome da cidade, quase uma vila, de tão pequena.

Minha avó ensinou minha mãe a costurar. Assim, depois que se casou e veio para São Paulo, ela ajudou meu pai com as despesas. Costura até hoje.

Costurar. É o que a gente faz com o pensamento. Vai costurando uma palavra na outra. Uma pessoa na outra. Lucinda, minha avó, minha mãe... e, de repente, aqui está meu pai. No meu pensamento.

Uma vez minha mãe fez um vestido para minha irmã. Vermelho de bolinhas brancas. Meu pai disse. *Olha, aqui tem um dinheiro, vai lá na loja do seu Osvaldo e compra um corte de tecido azul. Nada de roupa vermelha pro menino!*

É que minha mãe queria aproveitar o resto do pano do vestido de minha irmã e fazer uma camisa pra mim. Meu pai não deixou. Deu o dinheiro para um corte só meu. A camisa ficou bonita, bonita.

Puxa, assim de longe, meu pai não parece tão ruim...

•

– Então, seu avô era jornalista?

– Era, sim, Lucinda. Mas nunca exerceu a profissão, só escrevia umas crônicas prum jornal. Ele era mesmo poeta!

– Que lindo! E, pelo que dona Cristina me contou agorinha, antes de nos apresentar, você também gosta de escrever.

– E como! Só não sei direito o que fazer com isso. Parece até um vício, sabe? Tudo o que acontece, ou já aconteceu de importante, eu fico com vontade de anotar.

– Escrever é mesmo um vício, Fernando. Só que é um vício legal, nada que prejudique você. Muito pelo contrário, só vai ajudá-lo.

– Você acha mesmo? As pessoas acham esquisito...

– Esquisito é ficar grudado na frente de uma televisão horas e horas. Claro que tem coisa boa para assistir, mas a maioria das pessoas fica ligada naquilo que é despejado na sua cabeça, entende? É uma minoria que se interessa por um bom programa ou por leitura. Escrever, então, como você, é uma maravilha!

– Puxa, que bom encontrar alguém que me entenda.

– Entendo porque também tenho um vício meio parecido. Adoro ler jornais! Quero saber de tudo o que está acontecendo por aí. E não é só isso, preciso comparar as mesmas notícias que saem em diferentes jornais e revistas. Às vezes, o enfoque, o ponto de vista de quem escreveu a matéria, muda tudo!

– Sabe que minha professora de Português vivia dizendo isso? Pedia para os alunos levarem jornais diferentes para a classe e depois selecionava uma mesma matéria para a gente comparar. Eu gostava, mas o pessoal morria de preguiça...

– É que dá trabalho, faz pensar! É mais fácil receber tudo pronto do que ler, comparar e concluir por conta própria. Por isso estou fazendo Jornalismo. Quero pesquisar, ir fundo nos assuntos que terei de escrever. Mostrar às pessoas, da melhor maneira que eu puder, a verdade dos fatos.

– A verdade... meu avô dizia que cada um tem a sua. E que é preciso respeitar.

– Sim, mas eu me refiro a outro tipo de verdade. Às vezes um acontecimento é noticiado meio às pressas e alguns fatos importantes são omitidos ou até invertidos, não sei se você me entende. Jornais também erram, sabia?

– Acho que entendi. A gente tem que ir fundo na fonte, não é isso? E tentar ser imparcial nos julgamentos, coisa que meu avô me ensinou.

– Exatamente! Acho que você leva jeito para o Jornalismo. Já pensou nisso?

– Já pensei, sim. Aliás, o que mais faço ultimamente é pensar. E escrever. Saí de casa para isso. Para poder pensar, resolver minha vida.

– Falando assim você parece mais velho. Não esquenta a cabeça. Tem tempo!

– Dona Cristina me falou a mesma coisa, sabia?

A conversa foi ótima, eu parecia outra pessoa de tão desinibido. Adorei conversar com Lucinda. Essa não foi a única vez. Nos encontrávamos na varanda pra bater papo. Numa das vezes, quase contei o caso do seu Alfredo, mas me deu um medo... Depois me arrependi, acho que devia ter contado. Quem sabe ela pudesse me ajudar a fazer alguma coisa. Uma denúncia, talvez. Não falei nada. Agora já foi.

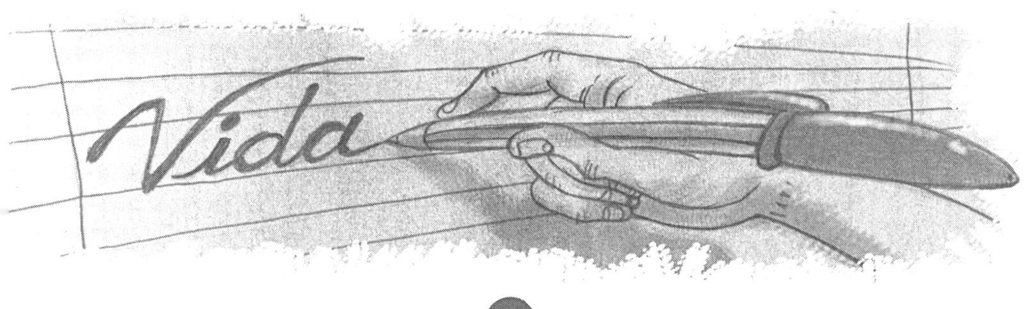

Terceira parada

Mesmo com o desconto que dona Cristina me deu nesses dias, o dinheiro praticamente acabou. E como não achei nenhum "bico", tive de deixar a pensão.

Ao me despedir de Lucinda e de dona Cristina me emocionei. Elas também, percebi. Foi bem diferente do jeito que saí da lanchonete de seu Alfredo...

Ainda não queria voltar para casa. Só não deu coragem de enfrentar um banco de praça nem escadaria de igreja. Com o que anda acontecendo por aí, nem pensar. Depois do que quase me aconteceu naquele quartinho, então! Sem contar que teria que deixar minha *bike* ao ar livre. Logo na primeira noite seria roubada, certeza. Minha vontade, ultimamente, é de escrever matérias pra jornal, e não SER matéria!

Rodei, rodei. Pensei, pensei. Escrevi, escrevi. Resolvi.

Realmente, ainda não é hora de voltar pra casa.

Por isso vim procurar a Sophia.

Ponto pra mim! Zero para a timidez. Ops, para o medo, como diz a Anita. Tomei coragem, procurei a casa dela e toquei a campainha.

Nem precisei me apresentar, foi mais fácil do que eu pensava. Ela me reconheceu, me recebeu com o maior dos sorrisos! O mais lindo do mundo, segundo meu avô. Ela era amiga dele. Mais do que amiga.

Ele era apaixonado por ela. Fez cada poema lindo de amor! Quase todos tristes. Acho que foi porque não deu certo o amor deles. Ela casou com outro. E ele não casou com ninguém. Só pensava nela e falava muito dela.

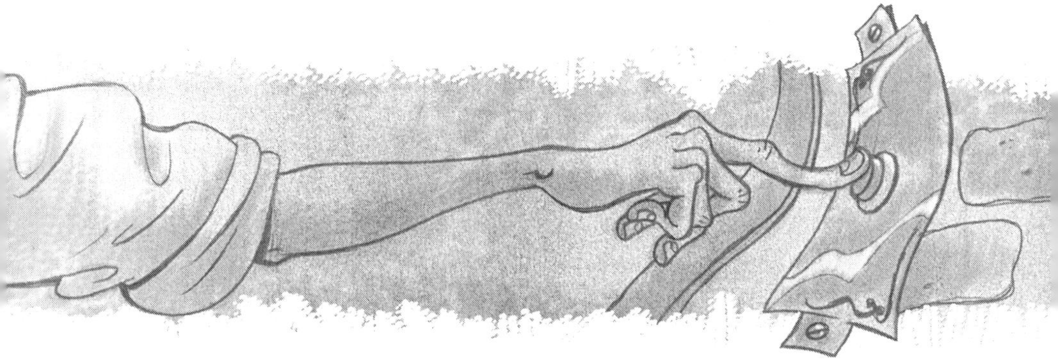

O amor de meu avô

Um dia, num parque, quando a gente estava caminhando, ele ficou mudo de repente e arregalou os olhos. Achei estranho, mas logo entendi. Era ela! Vinha devagar, com um cão na coleira. O cachorro que eu sempre quis ter e nunca tive. Fiquei encantado. Meu avô, encantado também. Com a dona do animal. Sophia.

Conversaram um tempão. Ela me deixou passear no parque com o cachorro. Na certa, para poderem conversar a sós, sentados lado a lado num banco do parque.

Depois do encontro, de noite, meu avô falou que tinham sido as horas mais felizes dos últimos anos dele. Havia dois anos que não se viam. *Puxa, que eternidade!,* eu disse. Ele respondeu que era, mesmo, uma eternidade. Dois anos ou dois meses ou dois dias... sempre seria uma eternidade ficar longe dela. Da Sophia.

Foi aí que eu fiquei sabendo da história deles. Os dois se conheceram e se apaixonaram durante a faculdade de Direito. Ela não era aluna, não. Era o noivo dela quem estudava. Amigo de meu avô. Eram colegas de classe.

Um dia esse amigo, noivo da Sophia, ficou doente. Então ele ia visitá-lo. Foi assim que conheceu o amor da vida dele, durante as visitas. Trocaram olhares. Depois, livros. Ele levava livros para o amigo ler enquanto estivesse de cama, mas ela também lia. Às vezes era ela quem os devolvia para meu avô, e comentavam sobre a história ou sobre os poemas. Acabaram apaixonados um pelo outro! Trocaram um beijo às escondidas, na esquina da casa do noivo, depois de uma visita. O único beijo. Que ele nunca mais esqueceu.

Quando meu avô me contou isso eu ainda não tinha beijado a Anita. Quer dizer, não tinha sido beijado por ela! Era um B.V., como a turma diz. Boca virgem. Então fiquei imaginando como seria um beijo de amor...

Meu avô continuou, dizendo que o amor deles era impossível porque ela estava comprometida com outro. Interrompi a história, falei que era simples, bastava desfazer o noivado, oras! Daí meu avô me disse que ela tentou, mas o pai quase bateu nela. As famílias eram amigas. A da Sophia e a do noivo.

Os dois tinham crescido juntos e namoravam havia muito tempo. Ideia do pai da Sophia, claro. Que ela acabou aceitando, pois até gostava do rapaz. Não sabia ainda o que era estar apaixonada de verdade. Isso foi ela quem contou pro meu avô.

E pra mim.

Sophia

Ela me recebeu tão bem, me abraçou, se emocionou, que parecia o abraço do meu avô. Tive de me segurar para não chorar.

Eu já sabia que ela era viúva. Meu avô também soube e, antes de ir embora, fazia planos para se encontrar com ela. Tinha esperança de viver o amor que nunca puderam viver antes.

Me falou até de um livro, *O amor nos tempos do cólera*, que conta mais ou menos isso. Um casal que se reencontra na velhice, depois que a mulher fica viúva. E os dois vivem, sim, um grande amor!

Para meu avô e para a Sophia não deu tempo...

Como eu sabia que ela era viúva e morava com uma filha e um casal de netos, achei que não teria problemas em procurá-la. Se ainda fosse casada, talvez eu ficasse com vergonha, com medo. De dar de cara com o "rival" de meu avô.

Então, tomei coragem e aqui estou.

A filha, o genro e os netos viajaram. Foram passar as férias no Rio de Janeiro, onde mora a família do marido da filha. Eles queriam que ela fosse também, insistiram, mas a Sophia preferiu ficar para cuidar de seu orquidário. Ela me contou isso e, em seguida, fez questão de me mostrar as orquídeas que cultiva, de todas as espécies. Uma maravilha que eu nunca tinha visto!

Ela também quis ficar pra tomar conta de Apolo, o cachorro. Aquele que conheci no parque tempos atrás. Fez a maior festa ao me ver. *Será que me reconheceu?*, eu perguntei. *É possível*, ela respondeu, *os cães são muito sensíveis.*

Acabei aceitando o convite para ficar este fim de semana por aqui. Se fosse outra pessoa, eu não aceitaria. Mas ela é praticamente a avó que eu não tive! Sem exagero. Senti isso na hora em que cheguei e durante nossas conversas também.

Com seu Alfredo, por mais simpatia que eu sentisse, havia alguma coisa que me afastava dele. Uma certa formalidade que eu não conseguia vencer. Com a Sophia, não. Parece uma amiga, como meu avô sempre foi. Amigo especial. E único.

– Seu avô era mesmo único, Fernando.

– Que pena que vocês não ficaram juntos.

– É. Foi mesmo uma pena. Eu tinha esperanças, sabe?

– Ele também!

– Eu sei, meu querido, eu sei.

– Ele chegou a procurá-la, Sophia?

– Ele me escreveu algumas cartas logo depois que fiquei viúva. Eu respondi. Combinamos esperar um tempo, em respeito ao falecido.

– Entendo.

– Aí...

– Ele morreu.

– Sofri tanto, Fernando. Seu avô foi o homem que eu amei nesta vida.

– Ele também te amava, Sophia.

– Vocês eram muito amigos, não?

– Muito! Depois que ele morreu, resolvi sair por aí, sabe? Pra ver se descubro o que fazer da vida. Quando a gente vai terminando o oitavo, o nono ano na escola, parece que tem obrigação de saber o que vai estudar depois. No ensino médio, então, já tem de ter certeza. Eu não tenho. Quer dizer, tenho alguma ideia, mas não sei por onde começar, como fazer. E sem meu avô para conversar, fiquei perdido...

– Sabe, querido, são pouquíssimas as certezas desta vida. Tudo é tão incerto... como é que um jovem pode escolher uma profissão assim, antes mesmo de terminar o colégio? Você até pode escolher, mas nada o impede de mudar de opinião depois. Não se preocupe tanto com isso. Continue seus estudos e, sempre que possível, converse com pessoas que já se formaram, vendo se são felizes no que fazem.

– Felizes! É isso o que penso. Que o trabalho deve fazer uma pessoa feliz! E não apenas lhe dar dinheiro. Entende, Sophia? De preferência, os dois, né?

– Claro, Fernando. De preferência, os dois! Pois todo mundo precisa de dinheiro para viver. Mas se não for feliz, se não se realizar no trabalho, nem todo o dinheiro do mundo vale a pena.

– É isso que eu queria que meu pai entendesse.

– É só você insistir no seu sonho, quando descobrir qual é! E ter um projeto na vida, o que às vezes demora. Você é tão jovem! Por que a pressa?

– Meu pai me pressiona, e eu queria decidir. Igual a Anita, minha namorada, que já sabe o que vai fazer. Ela é um pouco mais velha do que eu. Está no segundo ano do ensino médio e quer cursar Psicologia, depois fazer especialização em Psicanálise.

– Que interessante! Você sabia que meu falecido marido era psicanalista?

– Mas meu avô me disse que ele estudou Direito!

– Sim, mas só para satisfazer o pai. Depois mudou de área e se tornou um excelente profissional!

– Eu gosto de ler e de escrever, mas acho que não seria um bom poeta como meu avô. Também nem poderia viver disso, não é mesmo? Pensei em, talvez, cursar Jornalismo.

– Seu avô também fez o curso de Jornalismo, você deve saber.

– Mas ele não gostava de escrever para jornal.

– Eu sei. Se ele pudesse viveria apenas para a poesia, e da poesia!

– Eu até gosto de fazer textos pro jornalzinho da escola, mas nunca publiquei nenhum. Escrevo e guardo. Igual o meu diário...

– Já é um bom começo, escrever para o jornal da escola! Agora só falta a coragem de publicar.

– Acho que depois das férias eu vou conversar com a professora de Português, que coordena o jornal. Vamos ver...

– Faça isso, querido! Seu avô iria orgulhar-se de você.

– É... mas... mesmo se eu descobrir minha vocação, terei de enfrentar outro problema. Se não passar numa universidade pública, não terei como pagar uma particular. E minhas notas nunca foram as melhores, sabe? Não sou como meu avô, que tirava de letra o vestibular, passava sempre nos primeiros lugares.

– Você tem, pelo menos, quatro anos para pensar em vestibular. Se optar pelo Jornalismo e passar numa faculdade particular, pode arrumar um emprego ou estágio num jornal mesmo, o que o ajudaria a pagar o curso! Também pode tentar uma bolsa, há faculdades que oferecem descontos para alunos de baixa renda. Ou ainda, trabalhar e pagar um bom cursinho, e aí, quem sabe, conseguir entrar numa faculdade pública.

– Sabe que eu não tinha pensado em nada disso?

– O que acha de tomarmos um lanche? Daí continuamos nossa conversa, que está muito interessante. Também quero lhe mostrar minha biblioteca!

Esses dois dias em companhia da Sophia valeram mais do que um mês inteiro viajando sozinho. Que mulher incrível! Me deu até alguns livros de presente. Ao lado dela, pude quase matar a saudade de meu avô. Tão parecidos os dois!

Por que não ficaram juntos, então? Por quê?

Tenho certeza de que viveriam o céu. Aqui neste mundo mesmo, como pouquíssimas pessoas conseguem. Isso quem dizia era ele, meu avô. Falava cada coisa que me tocava tanto! Depois as palavras vinham morar na minha memória. Estão aqui guardadas. Para sempre.

Falando em céu, em amor... liguei para a Anita duas vezes.

Mudei de ideia. Não vou mais seguir viagem sem rumo por aí, não. Vou continuar seguindo viagem, sim, mas só por dentro. De mim!

Mesmo porque acabou a grana. Dinheiro que meu avô me dava de vez em quando e eu fui guardando.

O projeto

Quando nos encontramos, o que a Anita queria mesmo era saber da história de seu Alfredo. Insistiu para que eu fizesse uma denúncia para a polícia. Eu não queria mais tocar nesse assunto, tentei desconversar. Se nem para a Sophia eu contei! Então, prometi que mais tarde a gente falaria sobre isso. Ela aceitou.

Claro que antes de conversar a gente matou a saudade num demoradíssimo e deliciosíssimo beijo. E trezentos abraços. A saudade era tanta que parecia não ter fim. Bateu uma certeza! Tive certeza de que ela é, sim, a mulher da minha vida. Não falei isso pra ela, fiquei com vergonha. Daí, não é que ela me disse? Que eu sou o amor da vida dela! Quase tive um treco, meu coração disparou. E eu falei que tinha pensado a mesma coisa. Ela riu:

– Então por que não disse, seu bobo?

– Tô dizendo agora.

Depois de muitos amassos e declarações de amor, a gente começou a conversar. Deixei de lado aquela história de seu Alfredo e quis falar logo de uma vez sobre o meu projeto!

Eu tinha tido uma ideia incrível. Ideia que a Sophia me deu, sem saber. O tal projeto de vida que ela disse que a gente deve ter um dia. E eu já sabia qual era o meu. Pelo menos um dos muitos projetos que eu quero realizar...

Mostrei o diário. Um calhamaço de folhas amassadas, dobradas, coladas... com mil anotações, flechas, parênteses, que só eu entendo. Falei pra ela que esse diário é só o começo. De um livro! Quero escrever a história do meu avô. E da Sophia, claro. Porque um não existe sem o outro. Mesmo tendo passado a vida separados!

Ela não entendeu direito, mas adorou a ideia. Quis também que eu explicasse essa coisa maluca de um não existir sem o outro e viver separado a vida inteira. Contei tudo. Como o meu avô me contou. E que a Sophia confirmou, detalhe por detalhe.

Quando ela conheceu o meu avô e se apaixonou, estava comprometida. Tentou conversar com o pai e quase levou uma surra! Naquele tempo, quem mandava era o pai e a mãe concordava mesmo se pensasse diferente. Porque a Sophia me disse que a mãe dela tentou fazer o pai mudar de ideia, mas não conseguiu. Época das mais difíceis, quando a mulher não era uma pessoa. Fiquei assustado, e ela repetiu.

A mulher não era uma pessoa.

Era uma marionete. Primeiro na mão dos pais. E até na dos irmãos, homens, se tivesse. Depois, na do marido. Pouquíssimas estudavam. A não ser música. Canto ou piano. Coitada da Sophia, que gostava de violão! Instrumento de homens. E, mesmo assim, de homens vagabundos. Como os poetas! *Puxa, se eu já achava minha vida difícil, imagine viver nessa época. E ainda nascer mulher!* – falei para a Sophia.

Contei tudo para a Anita. Ela vibrou. Ficou morrendo de vontade de conhecer a Sophia. Também quer me ajudar a escrever o livro sobre meu avô. Eu concordei, vou mesmo precisar de ajuda. Alguém que leia, que dê opinião. Só não concordei quando ela disse que vai ser uma história de amor, e que, pra não ficar muito triste, a gente pode inventar um romance entre eles.

– Peraí, Anita! Não é ficção. Não vou escrever nada que não tenha acontecido.

– Eu só pensei em dar um final feliz para a história, Nando...

Fiquei firme. Disse pra Anita que não vou inventar. Além do mais, o meu avô me contou que a Sophia nunca teve coragem de trair o marido. Vontade ela teve, mas coragem... Pensou até em se separar dele, mas logo engravidou e aí não teve mais jeito. Afinal, como ela mesma me disse, a mulher não tinha vez nem voz. Quando se separava, então, era discriminada pela sociedade.

O meu avô, embora sofresse, respeitava a decisão da Sophia, como me falou várias vezes.

– É uma biografia, Anita. Nada de inventar coisas que não aconteceram! Aliás, mesmo o que aconteceu parece inventado, de tão bonito. Triste, mas bonito.

– Então, tá. Me desculpe. Você tem razão, Nando.

– Pensa que eu não queria que o final fosse outro? Meu avô se encontrando com a Sophia e vivendo, finalmente, uma história de amor?

– Você está certo quando diz que foi triste, mas também foi bonito, verdadeiro. Amor de verdade mesmo.

– Ainda bem que a gente pode viver o nosso sem ninguém pra separar, né?

– Nem me fale. Até parece que eu iria aceitar uma coisa dessas!

– Agora os tempos são outros, Anita.

– Falando em tempo, quando é que você vai falar com a Sophia?

– Pensei em fazer isso o quanto antes. Sei até o dia e o local. Depois te conto!

Alfredo

Minha mãe ficou muito feliz quando me viu chegar. Mas foi logo dizendo que eu estava magro, abatido... fez aquele drama de sempre. Meu pai, por incrível que pareça, abriu um sorriso quando me viu. Em seguida fechou a cara e me passou um sermão: *Onde já se viu sair assim? Quase mata sua mãe, ficou doente a coitada!*

Escutei e não disse nada, mas pensei uma coisa. Quem está doente é ele. Minha mãe, depois, confirmou. Numa das crises, ele foi parar no hospital, e o médico o proibiu de beber. Ele tenta parar, mas não consegue. Diz que vai morrer mesmo...

Meu velho pai de sempre. Minha velha mãe de sempre. Não que sejam velhos de idade, mas de cabeça e de alma. Meu avô era um jovem perto deles!

Claro que não contei sobre o projeto de fazer a biografia de meu avô. Meu pai, quando souber, vai morrer de ciúme. Fazer o quê? Eu é que não vou desistir.

•

Dias depois de encontrar a Anita, ver meus pais, eu voltei a procurar a Sophia. Para falar sobre o projeto, claro. Não via a hora de começar a escrever!

Queria aproveitar o fim das férias para ler os livros do meu avô, as crônicas, tudo guardado na estante e nas gavetas do quartinho do fundo.

E o principal, que nem a Anita sabia. Quando contei, ela ficou com os olhos cheinhos de lágrima. Confesso que até eu chorei ao encontrar. O diário de meu avô! Com um bilhete dizendo que era pra eu ler depois que ele se fosse. Maior tesouro que ele poderia ter me dado.

Imagine minha ansiedade em começar a ler, pesquisar, pensar, escrever... Mas a Anita não parava de me perguntar:

– Você vai conseguir ficar em paz sabendo que aquele homem está livre, explorando meninos e meninas?

Para falar a verdade, eu não conseguia esquecer.

Então resolvi de uma vez.

Lembrei que a Dalva tinha me dado o número do orelhão que fica perto da lanchonete. Liguei. Demorou um pouco e ela mesma atendeu.

– Não acredito que é você, Fernando! Parece que leu meus pensamentos!

– Por quê? - eu perguntei.

– É que pensei muito em você, justamente hoje. Pedi minhas contas! É meu último dia de trabalho.

– Verdade? Arrumou outro emprego?

– Não, mas vou dar um jeito. É que aconteceu uma coisa horrível e eu tive de fazer isso. Olha, não posso demorar, seu Alfredo deu uma saída, mas logo volta.

– Então fala, Dalva!

– Apareceram duas crianças aqui na semana passada. Uma menina de uns oito, nove anos, e um menino de uns doze. Moradores de rua que seu Alfredo acolheu no quartinho. Três dias depois que eles estavam dormindo aqui, logo de manhã, o menino atacou seu Alfredo. Cortou a mão dele com canivete!

– Nossa, Dalva, o que ele fez pro menino?

– Pro menino, nada. Mas estava abusando da irmã dele.

– Tá brincando!

– Antes fosse brincadeira. O menino saiu gritando que o velho era um sem-vergonha, e foi puxando a irmã pelo braço. Ela chorava tanto, tadinha...

– E seu Alfredo?

– Ah, ele veio correndo atrás, mas os meninos fugiram. Parou na minha frente, meio assustado, e depois inventou que as crianças estavam querendo roubar. Ainda quis se fazer de coitado. Acredita que até falou de você? Disse que você também foi um ingrato que sumiu sem dar explicações...

– E você?

– Fingi que acreditei porque fiquei com medo. Esperei uns dias e pedi minhas contas, inventei que arrumei um emprego perto de casa. Parece que ele acreditou. Até já arrumou outra pra pôr no meu lugar. Bem novinha, coitada...

– Você vai deixar, Dalva? Não vai abrir o olho dela? Não vai denunciar seu Alfredo para a polícia?

– De que jeito? Não tenho provas, Fernando. É a minha palavra contra a dele.

– Como não tem provas? E as fotos que você já viu? E o entra e sai de meninos e meninas aí na lanchonete, que você mesma me contou? Muitos podem testemunhar. Em segredo, protegidos pela polícia. Até você, Dalva! Eu também, por que não?

– Olha, eu não quero confusão. Conversei com meu marido e ele também acha melhor a gente fazer de conta que não sabe de nada.

– Se vocês pensam assim, tudo bem. Eu também pensava. Pelo menos estava tentando acreditar nisso. Que eu não tinha nada a ver com o problema. Mas não é problema, Dalva, é crime, sabia? Crime!

– Fernando, eu preciso desligar, tá?

– Só quero que você saiba que eu vou denunciar.

– E se a polícia me chamar pra ser testemunha, o que é que eu faço?

– Faz o que a sua consciência mandar. Diz que não sabia de nada ou diz a verdade. Você resolve. Porque eu já resolvi.

– Tchau, Fernando. Seu Alfredo tá chegando.

– Pensa bem, Dalva. Tchau!

Reencontro

O telefonema para a Dalva aconteceu depois do meu reencontro com a Sophia. Não disse que este diário está meio bagunçado? Um ir e vir de acontecimentos, feito pensamentos na cabeça da gente, que nem sempre obedecem a uma ordem lógica.

Não precisei marcar hora, telefonar, nem nada. Sabia que todos os domingos, à tarde, ela ia para o mesmo lugar que eu. Eu não ia todos os domingos, mas sempre que ia nos encontrávamos. Tudo isso antes da minha visita à casa dela.

Não dizíamos nada. Ficávamos parados diante da sepultura de meu avô. Ela colocava uma rosa vermelha em cima do túmulo. Eu não colocava nada. Só olhava.

Na verdade, olhava mais para dentro de mim do que para fora. Afinal, era em mim que meu avô vivia. Vive. Nesse céu imenso, que ele me ensinou a acreditar que existe dentro da gente.

A Sophia e eu ficávamos lá, um tempão. Ela sorria. Um riso triste que saía pelos lábios e pelos olhos verdes.

Agora, nesse dia do reencontro, em vez de apenas olhar pros olhos e pro sorriso dela, e ficar mudo como sempre, eu falei. Acho que nosso contato anterior, em sua casa, e nossas conversas ajudaram, pois não tive a menor dificuldade em falar.

Contei a ela. Do meu projeto. Dos meus escritos. Sobre a vida de meu avô!

Fiz questão de contar que foi justamente naqueles dias em que ela me recebeu em sua casa, conversando, me ouvindo... que nasceu esse projeto dentro de mim. Uma semente que ela plantou.

Puxa, não pensei que ela fosse gostar tanto da ideia. Ficou emocionada, percebi. Me olhou de um jeito tão bonito, que eu descobri por que meu avô era apaixonado por ela. Que jeito de olhar pra gente!

Derramando gotas de céu verde-mar.

Decisões

Parece incrível, mas foi, principalmente, por causa do que aconteceu na lanchonete de seu Alfredo que tomei uma decisão. A primeira de várias que se seguiram. Graças à força que a Anita me deu, fiz a denúncia anônima. Depois mandei um texto, também anônimo, para um jornal. O mesmo onde meu avô publicava as crônicas. Entreguei para um jornalista amigo dele, que prometeu guardar segredo, para me proteger.

Dá pra acreditar? Nunca tive coragem de publicar no jornalzinho da escola e procurei um "jornalzão", com circulação pela cidade inteira! Pois não é que o texto foi publicado? Com pseudônimo, mas era o meu texto! Uma matéria sobre pedofilia. Abusos e assédios sexuais que crianças e adolescentes sofrem por parte de adultos. Mais frequentes do que se imagina. Claro que contei a história da lanchonete...

Tempos depois, saiu uma foto de seu Alfredo no jornal. Por causa da denúncia ele foi preso, mas logo liberado por falta de provas. As poucas fotos que encontraram na casa dele não serviram para incriminá-lo. Ele deve ter dado um fim na maioria delas depois do incidente com os meninos de rua.

Pelo menos a lanchonete foi fechada e estão convocando testemunhas. Estou pensando em ir, pessoalmente, à delegacia. Dar o meu depoimento. Só falta coragem de contar pros meus pais, porque sou menor de idade e preciso ir acompanhado.

Com isso tudo, confirmei o que eu quero fazer. Adorei escrever o texto sobre pedofilia. Sofri um bocado, me envolvi e, ao mesmo tempo, me senti bem. Pesquisei sobre o assunto e também aproveitei a minha "experiência".

O jornalista, amigo do meu avô, elogiou o texto. E quando contei sobre minha vontade de ser jornalista – outra decisão! – ele me disse que, daqui a alguns anos, se a vontade continuar e eu realmente quiser seguir carreira, pra procurar por ele no jornal.

Aí eu me lembrei do que a Sophia me falou. Do estágio, do emprego pra ajudar a pagar a faculdade ou o cursinho. Tudo se encaixando...

Pensei também na conversa com dona Cristina me contando sobre o trabalho do filho, o entusiasmo da Lucinda pelo curso escolhido, a força da Anita... Nossa, quanta gente boa no meu caminho!

E meu avô, claro. Sinto a presença dele o tempo todo, como se ele estivesse comigo. Me ajudando...

●

Por falar em ajuda, não dava mais para negar que meu pai era alcoólatra. Fiz um esforço enorme e tomei outra decisão. Me aproximei dele e comecei uma conversa. A mais difícil da minha vida.

– Pai, eu queria te falar uma coisa.

– Fala, Fernando.

– Não adianta o senhor ficar um dia sem beber e depois beber dias seguidos...

– Tá parecendo sua mãe, querendo mandar em mim, moleque!

– Pai, a gente só quer que o senhor fique bom...

– Eu tô bom, não tô? Meu irmão Jota não bebia também? Ninguém falava nada pra ele. Você, então, achava lindo tudo o que ele fazia, lembra?

– O vô bebia de vez em quando. O senhor bebe muito e todo dia! Até de manhã o senhor bebe, pai! O senhor está se matando, sabia disso?

– Me matando? Seu pai morreu faz tempo! No dia em que sua irmã se foi...

Nessa hora ele parou de falar. Na certa tentando segurar o choro. Mas quem não segurou fui eu. Comecei a chorar e falei pra ele:

– Eu não tive culpa, pai! Também adorava minha irmã, se eu pudesse tinha ido no lugar dela. Pro senhor ficar feliz!

Falei isso bem alto e fui pro meu quarto. De lá, pude escutar que ele estava chorando. E, depois, conversando com minha mãe. Não dava pra entender direito, só ouvi uma frase dela, tentando amolecer aquele coração. O mais duro que já conheci...

Não sei quanto tempo depois, ele bateu na porta. Eu abri.

Ele entrou e sentou na minha cama.

– Olha, Nando, eu não ia ficar feliz coisa nenhuma se você morresse no lugar de sua irmã. Eu não queria que filho meu nenhum morresse, entendeu? NENHUM!

– O senhor sempre gostou mais dela e vivia me culpando pelo que aconteceu...

– Eu agradava mais sua irmã porque ela era mulher, ô moleque! Homem tem de ser duro na queda pra enfrentar esta vida desgraçada. Não percebe que eu só queria que você se tornasse um homem de verdade? E não um poetinha, escritor de meia tigela, que nem mulher teve na vida! Mas você sempre preferiu o Jota!

– Não fala assim do meu vô! Eu só me aproximei tanto dele porque você não me dava atenção e ele dava! Eu era criança, precisava de carinho. De um pai!

Daí eu fiz uma coisa difícil à beça. Cheguei mais perto dele. E o abracei. Ele também me abraçou. Pela primeira vez na vida, eu acho.

O abraço me deu coragem para contar a ele sobre o que me aconteceu, quer dizer, quase me aconteceu na lanchonete. Ele ficou preocupado. Eu vi nos olhos do meu pai que ele se preocupa comigo. Juntos, contamos para minha mãe, que começou a chorar. Horas depois me acompanharam à delegacia do bairro, e eu contei tudo.

Nem acredito. Parece que uma pedra imensa saiu das minhas costas.

Nem acredito também que o meu pai concordou em frequentar o grupo dos Alcoólicos Anônimos que tem aqui no bairro. Minha mãe e eu estamos participando.

Comecei a pesquisar sobre o assunto. Já fiz uma matéria e quero mostrar para a professora de Português quando as aulas começarem. Tenho amigos que também passam por isso em casa. Têm pai, mãe, tio ou algum parente alcoólatra. Nem sabem que o alcoolismo é uma doença. E, como toda doença, precisa ser tratada.

O alcoólatra também precisa da ajuda da família, dos amigos. Meu pai, por exemplo, se não fosse a minha conversa com ele, o apoio da minha mãe, não ia conseguir se curar. Eu sei que ele vai ficar curado, eu sei.

Mostrei o texto que eu fiz e ele chorou. Não conhecia esse pai que estou conhecendo agora. Como meu avô dizia, é sempre possível aprender com os próprios erros. Mudar de vida, de rumo. Basta ter coragem!

Coragem. É isso. Vou mostrar, sim, para a professora. Quem sabe ela gosta e publica o meu texto no jornalzinho. Estou pensando em me candidatar para o cargo de editor. Todo início de ano eles fazem uma eleição, e os alunos escolhem a equipe responsável pelo jornal. A professora coordena e orienta.

Estou cada vez mais decidido a fazer Jornalismo! Eu, o indeciso... E a Anita disse que vai fazer Filosofia! Mudou de ideia...

Estamos escrevendo o livro do meu avô juntos. Sem pressa. Registrando essa vida singular, de um homem igualmente singular. Que acreditava em céu.

Um céu que acontece dentro da gente. Se a gente deixar. Aliás, até dentro do meu pai, agora que ele está se cuidando, parece que tem um azul nascendo.

O último voo

Falando em céu, meu avô sempre voou. Cabeça nos ares, olhar perdido, coração longe, longe. Desejando roçar as asas de outro coração: da Sophia!

Também voava com a ajuda das palavras. Lendo o que outros escritores escreviam ou escrevendo ele mesmo. Voava o tempo todo.

Não poderia ter escolhido um jeito mais bonito de ir embora. E foi. Voando.

Acho bonito agora, que já passou, faz tempo que tudo aconteceu. Mas na época fiquei maluco. Sofri tanto...

Eu tinha levado o meu colchão pro quarto dele. Só depois de horas de conversa, a gente pegou no sono. Contei sobre a Anita, que eu tinha acabado de conhecer, e ele me deu a maior força.

Leu um poema pra mim, que falava justamente de amor. Fiquei com vontade de copiar para depois dar pra Anita. Ao mesmo tempo, fiquei em dúvida. E se ela não gostasse de poesia? E me achasse um cara fora da realidade, desses xaropes que a gente tem de engolir de vez em quando, com uma conversa chata toda a vida...

Porque muita gente acha poesia uma chatice, xaropice mesmo. Coisa pra poucos, como meu avô dizia. Daí eu perguntei pra ele o que eu poderia fazer para descobrir se a Anita fazia parte desses poucos. Ele me deu uma dica.

— Olha, não precisa entregar poema escrito por enquanto, não. Leva um livro de poesia, como quem não quer nada, quando vocês estiverem juntos. Deixa à mostra. Você vai ver se ela gosta ou não. Pode oferecer o livro emprestado. Porque se ela não gosta, ou não tem o costume de ler, pode ficar gostando. Do jeito que você me contou que ela é, especial, inteligente, sensível, diferente de TODAS as meninas...

Nessa hora meu avô falou um "todas" tão demorado que eu achei graça.

— Diferente de todas, mesmo, vô!

— Sabe, meu filho, acho que você encontrou o maior de todos os poemas. O amor. Como eu um dia encontrei. Mas não pude vivê-lo. Ainda!

Os olhos dele brilharam. Ele botou a mão no coração e disse que sentia até uma dor, de tanta felicidade, só de imaginar o que ainda estava por vir.

Eu perguntei:

— O senhor está falando da Sophia, né?

— Estou falando de tudo. E o amor faz parte desse céu que a gente busca a vida inteira. Então, seja o amor, seja o trabalho, seja um sonho... não deixe passar. Às vezes nem é preciso ir tão longe. É uma questão de pensamento, de atitude. De coragem. E aí o céu acontece. Dentro e fora de você!

Na manhã seguinte, ele já tinha ido embora.

Um livro aberto no peito. Aberto feito duas asas. Numa das asas, um poema sublinhado:

PROMESSA

És tu Primavera que eu esperava,
A vida multiplicada e brilhante,
Em que é pleno e perfeito cada instante.

Por coincidência, o livro era de uma poeta portuguesa, que meu avô adorava, de nome Sophia.

Onde o céu acontece

Foi esse livro, *Poemas escolhidos,* de Sophia de Mello Breyner Andresen, que eu emprestei para a Anita. A mulher que eu queria tanto que meu avô conhecesse. E acho que, de alguma forma, ele conheceu.

De tanto que eu falei dela. De tanto que meus olhos brilharam. Ele viu o céu em mim. Por isso aquele livro, que ela leu e adorou, foi só o começo dos nossos voos.

Estamos voando juntos até hoje.

Tentando fazer *pleno e perfeito cada instante.*

A autora

Mário Rui Feliciani

Cresci e moro até hoje em Santa Bárbara d'Oeste, no interior do estado de São Paulo, mas sempre vou à capital, cenário de *Onde o céu acontece*. Além de ter muitos amigos na cidade de São Paulo, visito escolas que adotam meus livros, e o contato com crianças e adolescentes paulistanos é frequente.

Quando tive a ideia de escrever esta história – meu décimo terceiro livro! –, desejei retratar ansiedades e inseguranças que os jovens (não apenas de São Paulo, claro) sentem e nem sempre têm com quem partilhar. No caso de Fernando, protagonista, ele tinha o tio como amigo e confidente, a quem chamava de avô por ser o irmão mais velho de seu pai. Também procurei abordar temas que levassem o leitor à reflexão: as mudanças do corpo e da alma, o namoro, o relacionamento familiar, a escolha de uma profissão, a coragem de tomar uma decisão diante de situações de conflito. E, dialogando com tudo isso, o tempo todo, a poesia!

Além de citar poemas e poetas na voz do avô de Fernando, escolhi para a epígrafe do livro alguns versos do poeta Ferreira Gullar que, generosamente, me autorizou a usá-los, e a quem agradeço, de coração.

Tomara que a leitura de *Onde o céu acontece* faça um pequenino céu acontecer na alma do leitor. Como aconteceu comigo, ao escrevê-lo!

Entrevista

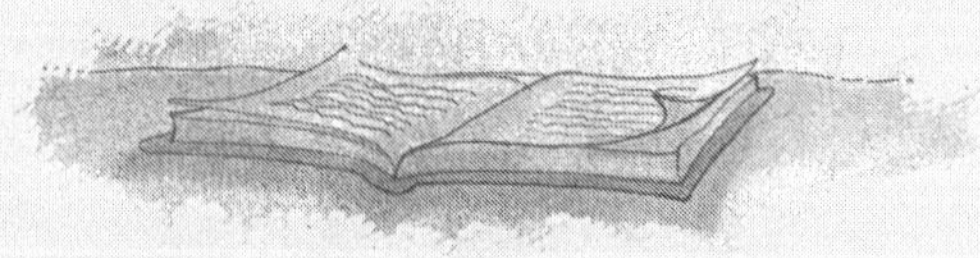

VAMOS CONHECER UM POUCO SOBRE A AUTORA DO LIVRO? VEJA A ENTREVISTA E DIVIRTA-SE.

O QUE A LEVOU A ESCREVER SOBRE AS DIFICULDADES DE SER ADOLESCENTE, CONSIDERANDO QUE PARTE SIGNIFICATIVA DE SUA OBRA É COMPOSTA DE LIVROS INFANTIS?

- Desde dezembro de 2003, quando engravidei do meu filho Bruno, passei a escrever mais para crianças do que para adolescentes. Tenho oito livros infantis, três juvenis e um para adultos. A presença luminosa de um bebê, que agora é um menino de cinco anos, fez com que eu me dedicasse à literatura infantil. Mas minha estreia como autora, há mais de dez anos, coincidentemente pela editora Atual, foi com um livro juvenil, o *Diário ao contrário*. Acredito que, por ter lecionado durante muitos anos para adolescentes e por visitar escolas e me corresponder com jovens de todo o país, tenha nascido em mim a vontade de voltar a escrever para esse público leitor.

O PERSONAGEM CENTRAL, FERNANDO, VIVE UM RELACIONAMENTO TURBULENTO COM O PAI ALCOÓLICO, QUE O RESPONSABILIZA PELA MORTE PRECOCE DA IRMÃ NA INFÂNCIA. COMO VOCÊ VÊ AS RELAÇÕES ENTRE PAIS (SEXO MASCULINO) E FILHOS NA SOCIEDADE ATUAL, EM QUE MUITAS FAMÍLIAS SÃO CHEFIADAS EXCLUSIVAMENTE POR MULHERES?

- Eu mesma sou exemplo disso, pois minha mãe adotiva é solteira. Como muitas mulheres em situação semelhante, ela se fez meu pai e minha mãe. Devo a ela muito do que sou hoje, e sempre tivemos uma relação de amor e respeito mútuos. Ainda assim, considero importante a presença paterna na vida de uma criança, de um adolescente. Vejo isso em casa, no relacionamento de meu marido Diógenes com nosso filho, que tem sido intenso desde a gestação. Infelizmente não é o que acontece na maioria dos casos, em que pais e filhos mal se encontram, mal se falam... Também considero importante a presença do filho na vida do pai, como tentei retratar no livro. Depois que o diálogo (fundamental) acontece, a ajuda de Fernando é decisiva para a recuperação do pai.

Num certo momento do livro, temos a clara impressão de que Fernando está prestes a cair no "abismo da metrópole", no sentido de se deixar levar por más companhias, quando uma reviravolta ocorre com seu retorno ao lar. Fale um pouco sobre as razões que a levaram, como autora, a resgatar o personagem.

- Talvez pela minha história de vida, por ter sobrevivido à miséria, por ter sido adotada por uma mulher que, mesmo solteira e pobre, trabalhou a vida toda como empregada doméstica, pensando na minha educação. Minha mãe me levava à biblioteca municipal nas horas de folga e, assim, me apresentou o tesouro imensurável da literatura. Talvez por isso, eu acredite em final feliz! Acredito no ser humano, em sua força de vontade, perseverança para vencer obstáculos e coragem para fazer determinadas escolhas na vida. Essas escolhas determinarão seu futuro. Fernando, com o apoio da namorada, e de pessoas que apareceram em seu caminho e que ele soube ouvir, enfrentou problemas sérios e fez a escolha certa, embora difícil. A lembrança constante do avô, já falecido, e de tudo o que ele havia "ensinado", também foi essencial para esse resgate.

Outro ponto marcante da obra diz respeito à pedofilia, crime infelizmente bastante comum hoje em dia. Quais as formas de combater esse tipo de violência, em sua opinião, e como pais e professores podem proteger crianças e jovens?

- Mesmo correndo o risco de não agradar alguns leitores, pois sei que há pessoas que não gostam nem de tocar no assunto, preferindo ignorar, eu decidi abordar o tema. Vejo a pedofilia como um dos crimes mais cruéis de que o ser humano é capaz. E, por isso, deveria ser combatido e punido com maior rigor. Pais e professores devem ficar atentos e orientar filhos e alunos para que não omitam nenhum tipo de assédio, jamais escondam nem o mínimo sinal de violência que venham a sofrer. Ainda que esse assédio seja virtual, pois a Internet tem sido um dos instrumentos de criminosos para se aproximar de suas vítimas, as quais, sem imaginar quem está do outro lado, se deixam levar por mentiras e armações. No livro, o assédio não se dá pela Internet, mas Fernando se engana a respeito de uma pessoa aparentemente boa, que, no entanto, é um pedófilo!

O alcoolismo é outro tema abordado na obra. O que a levou a incluí-lo no livro?

- O alcoolismo é uma doença e, portanto, exige tratamento médico e acompanhamento psicológico. Infelizmente, muitas pessoas ainda veem o alcoólatra como "sem-vergonha", fraco, que não para de beber porque não quer. O pai de Fernando precisava de ajuda, embora não admitisse. Muitas vezes o consumo de álcool começa precocemente, já na adolescência. Ao abordar esse tema, pensei nos jovens que, não raramente, costumam beber com os amigos e com os próprios familiares. Também pensei nas pessoas que sofrem por conviver com um alcoólico, como é o caso do protagonista da história. Mas que podem fazer alguma coisa, sim. Pelo menos tentar, como Fernando. Não é fácil, mas é possível fazer o céu acontecer em nossos corações e nos corações de quem amamos!